BeSide《びさいど》
～幸せはかたわらに～

F&C・FC03　原作
村上早紀　著
水城たくや　原画

PARADIGM　NOVELS 153

登場人物

鈴風初《すずかぜうぶ》　浪人中の太平の妹。空手が趣味。勉強に退屈している。

宝月静瑠《ほうづきしずる》　売り出し中の舞台女優。太平や初の姉的存在。

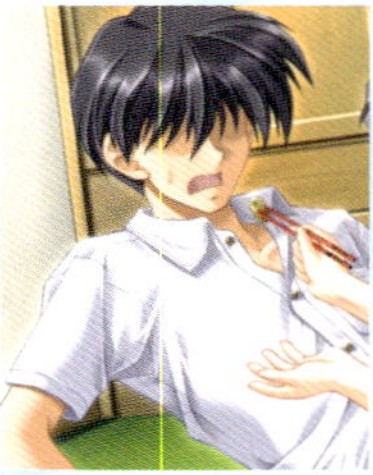

鈴風太平《すずかぜたいへい》　大学生。初の勉強を見るため実家に戻っている。

高山小麦《たかやまこむぎ》　ドーナツ屋のバイト。家庭のことで悩んでいる。

華織《はなおり》こよみ　名古屋の親戚。幼く見えるがりっぱな成人女性。

雪原恋歌《せつはられんか》　太平の兄の見合い相手。だが結婚式で逃げ出し…。

華織節夫《はなおりせつお》　心配性なこよみの父親。華織心眼流合気術師範。

鹿賀祐季《かがゆうき》　太平のバイト仲間で親友。ずっと初のことが好き。

申谷基子《しんたにもとこ》　静瑠と同じ劇団に所属する女優。太平にも優しい。

第二章 こよみ

第四章 恋歌

第六章 静瑠

目次

プロローグ

呼吸が一瞬、とまった。

「ただいま……かな？」

身体《からだ》に不似合いなほどに大きなスポーツバッグを抱え、そのひとはやさしく微笑《ほほえ》んだ。

それは、太平《たいへい》がよく知っているようで、まったく知らない宝月静瑠《ほうづきしずる》の姿だった。

「静瑠姉……」

それでも、気づいた時には昔通りの呼び方で静瑠を呼んでいた。

その懐かしい響きに、記憶が一気によみがえってくるのを、太平は感じた。

あの時の静瑠は、セーラー服を着ていた。もうしばらくすれば、静瑠は二度と袖《そで》を通さなくなるはずの、高校の制服だ。静瑠が短大に受かっていることは、もう知っていた。

風にスカートのひだを揺らしながら、静瑠は太平を静かに見つめている。

夕陽の中の静瑠は、ひどくきれいで。

その長い髪に、しなやかな背に、ずっと前から太平は視線を奪われていたけれど。それにしても今日の静瑠はきれいすぎるくらいだと太平は思う。

それが、文句だった。

プロローグ

「……春になれば、私も大学生になるんだもの。だから、いつまでもお世話になっているわけにはいかないって、思って」

ぽつり、ぽつりと、言葉が風に乗って消えていく。

静瑠の家庭の事情で、太平は小さな頃《ころ》から静瑠と一緒に暮らし続けていたのだ。それが当たり前であるほどに、ずっと。

本当の姉のように振る舞う静瑠に、姉以上の気持ちをかぶせるようになったのは、いつだっただろうか。

ずっとそばにいたひとだった。

近すぎて、まさか、いなくなるなんて考えてもいなかった。

だが――。

「……静瑠姉なら、そうするよね」

ようやく口にのぼった言葉は、それだった。

「うん……」

かすかにほっとしたように、静瑠が微笑む。

「そうなんだよね。静瑠姉は、自分でがんばるひとだったよね」

「わかってくれる……？」

少しすがる声音で、静瑠が言った。

「わかるよ。わかるけど――」

わかりたくない、と続けることなく口の中で消した。胸の芯《しん》が灼《や》けて、ひりつく。

「……静瑠姉は、何でもひとりでできるんだよ」

「――太平ちゃん？」

言葉は知らず速くなっていった。

「結局、僕は静瑠姉に迷惑かけ通しで――」

「そんなことないわよ」

風が乱す髪を片手で押さえながら、静瑠が首を振った。

「もう大丈夫でしょう？　太平ちゃんだって、ひとりでやっていける」

「そうかな」

「――私は、そう思うわ」

「だったら――……！」

ぐっ、と静瑠の目を覗《のぞ》き込むと、静瑠がわずかに身をひいたのがわかった。

「言っても、いいよね」

「え……？」

ごくりと、唾《つば》を飲む。

「静瑠姉が――好きだ、って」

「…………！」

ひゅっと喉《のど》が鳴って、静瑠の大きな瞳《ひとみ》が凍りついた。

「ずっと好きだったよ。だから弟じゃなくて、一人前の男として、静瑠姉を支えたい」

静瑠の、長い睫毛《まつげ》が、ふる、と震えたのが見えた。

だが静瑠はそれから、何も言わなかった。

太平もそれ以上言葉を継げなかった。

そして――答えのないまま、静瑠は鈴風《すずかぜ》家を出ていった。


「うわあ、やっぱ静瑠姉ちゃんのご飯、おいしい！」

「そう？」

妹の初《うぶ》が嬉《うれ》しそうに茄子《なす》の煮浸しをつつくのを、太平は見るともなしに見ていた。

確かに、静瑠の料理はうまい。それは少しも変わっていなかった。

数年のブランクが嘘《うそ》のように、静瑠の味が舌になじんでいる。そんな自分が、太平は不思議でもあり、納得もしていた。

でも――目の前にいる静瑠は、告白の時に感じた痛いほどのきれいさを超えて、年齢を経て美しくなっている。

何だか、ひどく居心地が悪かった。

「太平ちゃん？　おかわりは？」

「あ……、う、うん」

おずおずと頷《うなず》いて、わずかに残った白飯をかき込む。

「それにしても、お母さんムチャクチャだよね。べらべらべらべら余分なことばーっかりしゃべって、静瑠姉ちゃんが今日来るって言い終わらないうちに留守電切れちゃうし」

「そうね。でも、おばさまらしいわ。――はい、太平ちゃん」

「――ありがとう」

差し出した空の飯椀《めしわん》に、ふっくらと湯気の立つご飯が盛りつけられる。その手つきは、昔と変わらず手際よく、やさしい。

「ボクは悲しき受験生だってのにさ、みーんなハワイだもん」

「兄貴の結婚式じゃないか。遊びに行ってるわけじゃない」

太平がひとこと付け加えると、初はとたんに唇を尖《とが》らせた。

「それにしたって、あの電話楽しそうだったもん。いいなあ、青い海に白い砂浜……」

かき玉汁をすすりながら、初はとりとめなくしゃべり続けていた。元からよくしゃべる妹だが、きっと初は初なりに、この空気を察して場をつなごうとしてるんだと思う。

そのくらい静瑠の登場は唐突で、だから太平の心は少しも静まる様子がなかった。

ちらり、と静瑠を見る。

「……どうしたの？　太平ちゃん。おかわり、多かった？」

「あ――ううん、そうじゃない」

首を振って、牛肉のしぐれ煮に箸《はし》を伸ばす。口に入れるとじんわりと旨《うま》みがしみ出してくる。これも静瑠の味だ。

変わらないこと。変わったこと。

静瑠のいない数年の間に、いろいろなことがあった。自分自身も、家族も。現に兄の順平《じゅんぺい》は結婚式を迎え、自分は大学に入り一人暮らしを始めた。今は浪人中の初のお目付役として、この家に戻ってはいたが。

そして静瑠が、期限付きらしいとはいえ、この家に帰ってきたのだ。

（……始まるのかな）

ふと、そう感じた。

何が始まるのか、太平にもわかりはしなかった。ただ、自分の周りで何かが動き出すのだろうということだけは、予感というより確信に近い気持ちで、太平は信じていた。

第一章　三つどもえ

確かに今日のバイトは早番だったが、時間よりもずいぶん早く準備ができてしまった。

どうも勝手が違うのは、昨日からこの家にいる来訪者のせいだろう。

来訪者、というよりは、元々家族のような相手ではあるのだが——。

居間のソファに座って、そんなことを考えていたら、階段を下りてくる足音がした。

「あ、太平ちゃんアルバイトだっけ。そろそろ出るの？」

すっかり支度を終えたらしい静瑠が、太平の前に立った。

「ああ、うん」

ソファから見上げると、朝の光を背にした静瑠の髪が、きらきらと光った。ふんわりしたパフスリーブのブラウスに、長めの、やはりふわっとしたフレアースカート。柔らかな布地の服は、静瑠の女らしい容姿にひどく似合っている。

眩《まぶ》しかった。

「私も劇団に行くんだけど、一緒に行く？」

「あ、うん。——いいよ」

反射的に頷《うなず》いて、立ち上がる。

「あら」

と、静瑠が微笑《ほほえ》んだ。

「背が伸びたのね。……そうね、何年も会ってなかったんだから、当たり前かな」

さらにくすっと笑って、続ける。

「男っぽくなってるしね」

「――そうかな」

言われて、太平は目をそらした。静瑠の目に何かを見抜かれてしまいそうで、少しこわかった。

何を見抜かれるのか、わからなかったけれど。


劇団の事務所はけっこう広かった。ただ、隅には乱雑に段ボール箱が積んであって、なるほど静瑠が説明したように仮住まいという空気だ。

静瑠が小さな劇団に所属していることは太平も知っていた。テレビコマーシャルで静瑠の姿を見たこともある。ウェディングドレス姿の静瑠をブラウン管で見て、いたく複雑な気持ちになったのを昨日のように覚えている。

話によれば、劇団の事務所があったマンションに、寮代わりとして静瑠も住んでいたのだが、全面改装をするらしく一時的に出ざるを得なくなったのだという。

だから静瑠は太平の家に戻ってきたのだ。だいたいひと月ほどで、改装は終わるということだった。

「ちらかってるわりに、何もないでしょう」

静瑠が苦笑しながら説明する。

一緒に歩いているうちに、時間に余裕があるからと太平が言うと、静瑠は自分の劇団を覗《のぞ》いてみないかと誘ってきたのだ。かすかな逡巡《しゅんじゅん》はあったが、素直に太平は頷いた。静瑠がどこで何をしているのか、もちろん興味はありすぎるほどにあったから。

「静瑠！」

と、静瑠を呼ぶ声とともに、奥からタンクトップ姿の女性が現れた。

「ああ、基子《もとこ》」

その女性は、太平と静瑠を見比べて、おもしろそうに言った。

「どうしたの？　男の子なんて連れちゃって。さらってきた？」

「なに言ってるのよ！　基子ってば——あ、ごめんなさい。彼女、私の同期でね」

「中谷《しんたに》基子よ。よろしくね。……で、一体この彼は静瑠の何なのかな？」

どきっと心臓が鳴った。自分は、静瑠にとって、何なんだろう——？

「もう……。失礼な言い方しないの。彼が、ずっと私がお世話になっていた、鈴風さんの息子さんの——」

「あ……鈴風、太平です」

視線を投げてきた静瑠の言葉を、あわてて引き取った。

そして、気づく。自分を静瑠が他人に紹介するのに、それがいちばん妥当でふさわしい言い方なのだと。

少なくとも――今は、間違いなく。

「ああ……ふうん、そう。きみがねえ……」

「ちょっと、基子？」

いたずらっぽく口角を上げると、口元のほくろのせいなのか、基子はずいぶん表情豊かに太平には見えた。

「ふふっ。まあ、今は何も言わないでおこうかな。――ところで、ちょっとレッスンやるみたいよ。もちろんこんな場所じゃ、大がかりなことできないけど」

基子が、ちらりと太平を見た。

「どう？　時間あるなら見学していく？」

「え……いいんですか」

「おとなしく見ててくれるなら、全然構わないわよ。それとも相手役でもやってくれる？うちは女ばっかりの小さな劇団だから、男の子がつき合ってくれたら、みんなはりきっちゃうかもね」

「もう、基子ってば――」

苦笑と呆《あき》れの混ざったような声音で、静瑠が言った。

「静瑠姉……見学しても、いい？」

「え？　太平ちゃん、バイトの時間大丈夫？」

問いかけた静瑠に、こくりと頷いて、太平は基子に言った。

「お願いします。見学させてください」

太平は、何度も何度も目をしばたたいた。事務所の片隅で、息を詰めて立ちつくしながら。

レオタードとスパッツ、Tシャツに着替えた静瑠が、目の前で動く。

パントマイム、それに幾つかの寸劇。

静瑠の表情は、太平の知っているそれとは、時によってまったく違った。

やさしくて穏やかな笑みが、性格のきつい気まぐれな女性を演じるとともに意地悪く変わり、生意気そうな下目遣いが時折太平をかすめる。

「冗談じゃないわ。なんであたしがあんたの言うことなんて聞かなくちゃいけないの」

肩をすくめて静瑠がばさり、と髪を手で梳《す》く。その手つきすら、別人だ。

（……誰《だれ》だ、これは）

太平の頭の中で、そんな言葉がこだましていた。

こんな静瑠は――知らない。

演技だ。演技なのだ。わかっていた。でも——。

(俺の知らない、静瑠姉——)

何年も会わない時間が生んだものは大きかった。

もちろん自分だって変わったのだということはわかっている。一人称も僕から俺に変わり、静瑠が言ったように背も伸びた。大学入学と同時に一人暮らしも続けている。完全に自立できてはいないかもしれない。でも、変わったはずだ。

そう、思いたかった。


「……んーんっと」

ベッドに寝そべったままで、初は思いっきり伸びをした。枕元《まくらもと》に置いてあったポテトチップに手を伸ばす。

「そろそろ勉強しなくちゃかなあ……」

読んでいたマンガにも飽きてしまって、ぱりぱりと菓子を噛《か》み砕きながら、初はぼうっと思った。

夏休みは受験の天王山とか言うけれど、どうも実感が湧《わ》かない。受験まで、あと半年あるのだ。まだ半年なのか、もう半年なのかわからないけど。

だいたい、受験勉強よりおもしろいことが世の中にはありすぎる。

ゲームセンターも大好きだし、カラオケだって、それにずっと続けてる空手だって勉強よりは間違いなく楽しい。

それに今は、突然帰ってきた静瑠がいた。いろいろ話してみたいこともある。

(兄《あに》ってば、やっぱぎこちなかったな——)

ゆうべの食事のことを思い出しながら初は思った。昨日から兄の太平は、いつもと違う。

太平が静瑠のことを想《おも》っていたのは、初も知っている。ずっと同じ家にいて、気づかないわけがなかった。

(……静瑠姉ちゃん、すっごくきれいになってたし。しかたないか)

昔から静瑠は美人だと思っていたけれど。それだけじゃなくて、よく気がつくし面倒見もいい。兄は二人いるものの姉はいない初には、ああやって女らしくありたいと憧《あこが》れるよりも、自分の世話を焼いてくれるありがたい相手だった。

「……うまくいけばいいけど」

そうぽつんとつぶやいて、初は少しだけ奇妙な気持ちになった。何かちょっと、胸の奥が痛いような——。

(……なんだぁ?)

自分でもわからなくて、少し首を傾《かし》げる。

(——へんなの)

よくわからないままに、もう一枚ポテトチップを口に放《ほう》り込もうと思った瞬間に、電話が鳴った。

「はーいはいはーい、ちょっと待って~!」

急いで立ち上がって居間に駆け下り、受話器を取る。

「はい、鈴風ですが!」

『あら、初ちゃん?』

「——お母さん?」

聞こえてきたのは、ハワイに行っている母の陽子《ようこ》の声だった。

『どう? そっちは。変わりはない?』

「変わりって……昨日から静瑠姉ちゃんが来てるよ。お母さんの留守電より前にウチに着いてた」

『ああ、そう。まあ静瑠ちゃんだもの、別に突然来てもいいわよねえ』

「……は、はは——まあね」

初は力なく苦笑した。

『それで、静瑠ちゃんは?』

「え? 劇団に行ってるけど……」

『そう。事務所の引っ越しとか言ってたけど、忙しいんでしょうねえ。昔から静瑠ちゃんは気も回るし、いい子だから、きっと劇団でもそういう時には重宝されて……』

「ちょっとお母さん、ところで何の用？」

このままだとどこまでも暴走しそうな話題をくい止めるべく、初は無理矢理言葉を差し挟んだ。

『ああ、そうそう。忘れるところだったわ。それがねえ、ちょっと面倒っていうか、大変なことが起きちゃったのよ』

なんで大変なことを忘れそうになるのかわからないと思いつつ、迷走しがちな母の声を電話口で聞いていた初だった。

が。


幾分混乱しながら、初は電話を切った。

聞かされたのは、あまりにもとんでもない話で。

（…………花嫁が、逃げた、……って）

そんな内容でも、母親はのらりくらりと、いつもと変わらない口調でしゃべっている。

いっそ見上げたものだ。

（だって……花嫁さんって——）

初は二人の兄のことを考えていた。

花嫁に逃げられたのは上の順平だが、花嫁は太平とも無関係の人間ではないのだ。

というか、見合い相手の順平より、.太平の方が関係は深いくらいで――。

と。

初の思考は、そこで再び鳴り響いた電話のベルにうち消された。

（まさか、またお母さん？）

思いながら、受話器を手にする。

「はい――鈴風ですけど」

『もしもし。あの、華織《はなおり》と申しますが』

聞こえてきたのは、母の陽子よりもはるかに落ち着いた女性の声だった。

「華織？」

おうむ返しにしてから、気づいた。

「え？　じゃあ、名古屋の……啓子《けいこ》叔母さんですか？」

『ええ、啓子です。もしかして、初ちゃんかしら？』

「そうです、お久しぶりです！」

姉である母親とはまったく違うしっかりした声音に、幾分ほっとしながら初は挨拶《あいさつ》をした。

『今日お電話したのは、ほかでもないんですけど——あの、……実は』

どうやら本題を切り出そうとした啓子が、途端に口ごもった。

「どうしたんですか？」

『その——私の家族が、そちらに迷惑をかけそうなことになっていて、それで前もって伝えておいた方がと思ったので』

「はい？」

初は目をぱちくりさせた。

啓子の家族といえば——。


「……はい、わかりました。いえ、とんでもないです、はい……はい、失礼します」

受話器を置いて、初は大きく息をついた。

妙な電話が、立て続けに二本。

一本は、兄の花嫁逃走。

そしてもう一本は、従姉《いとこ》のこよみと、その父親の華織節夫《せつお》がこの家にやってくるかもしれないということ。

後者はたいしたことのない連絡に思えるが、どうやらそのシチュエーションが普通じゃなさそうだ。

それに、この家にはもう、静瑠という来客もあるわけで。

「……なーんか、すごいことになりそう」

初はほくそ笑んだ。

これはますます、受験勉強どころじゃない。


着慣れたベストと蝶《ちょう》タイの制服に急いで着替え、太平は裏からドーナツショップのカウンターに入った。

「おはよう」

バイト仲間の鹿賀祐季《かがゆうき》に声をかける。その声にあまり気力がないことに、自分でも気づいていた。

「ああ、太平」

祐季はほっとしたような声を出した。

「ごめん、遅れた」

「いや、ぎりぎり大丈夫じゃない？　あのタイムカードの時計少し遅れてるし、それに店長もいないよ」

祐季がちょっと呆れたような笑みを浮かべる。

「またか？」

「うん、お店は僕だけ。信頼されてるって言えば聞こえはいいけどね」

「……行き先は？」

「知らない。でも多分いつもと一緒だよ」

ということは、パチンコ屋だろう。もう十時も回っていることだし。

「でもどうしたの？　珍しいね、たいてい早く来てるのに」

「ああ――うん……まあ、ね」

祐季の言葉に、太平は言葉を濁した。

「どうしたの？　何かあった？」

「――あったといえば、あったけど」

「聞かない方がいい？」

くす、と眼鏡《めがね》の奥の瞳《ひとみ》が笑った。

「ん――……」

訊《き》いてほしいような、そうでないような、複雑な心境だった。祐季はバイト仲間だが、それだけではない。太平の親友だ。

「いや……昔から、知ってた人が、さ。何年か会わないうちに、けっこう変わっててびっくりすることって、あるだろ」

「ああ、うん」

祐季が頷く。

「それをね、ちょっと――目の当たりにしちゃったから」

「いやだったの？　それが」

コーヒーメーカーで、新しいコーヒーを作りながら祐季が訊《たず》ねた。

「そういう……わけじゃ、ないけど」

太平も、紙ナプキンやスティックシュガーなどの備品を確認しつつ、答える。

嫌なわけではない。決して。

「……すごくよく知ってる人だったっていうか――でも、あんなに近くにいたのに、本当に何年も会ってなかったんだから、しかたないのかもしれないけど」

そう言うと、祐季が顔を上げて太平をまじまじと見た。

「――初恋の人にでも、再会した？」

「え」

持っていたポーションミルクが、ことんと落ちた。

顔を見ると、祐季はさりげなく太平から目線を外して、空のコーヒーサーバーを洗っているところだった。

「前に言ってたじゃない。出て行っちゃったっていう、告白した相手のこと。太平が普通じゃなくなるくらい動揺してるんだから、そういう相手かと思って。推測」

言われて、思い出した。姉のような人に恋をして、告白したけれど返事はなく、彼女は去っていってしまったと。直接静瑠の名前を、出しはしなかったが。

しかし、祐季は鋭い。太平の心理を読みきっている。

「……祐季とは、つき合い長いもんな。隠し事もできない」

「まあね」

くくっと喉《のど》で笑って、祐季はサーバーの水を切った。

「恋の悩み、再びってやつ？」

「――そんなところ、なのかな」

再びというよりは、ずっと思い悩み続けていたことが、少しだけ変化した、それだけのようにも思える。

「でも、それならお互い様じゃない？　僕だってなかなか、前途多難だよ、お兄さま」

「そういう言い方やめろよ。だいたいお前、女の趣味疑うぞ」

時折祐季は、太平にお兄さま、という軽口を叩《たた》く。祐季は、太平の妹の初が好きだからだ。もうそう聞かされて、けっこう長い。

自分より明らかに優等生で勉強もできて、それなりに女の子にも人気のあるはずの祐季が、どちらかといえば劣等生の、色気も何もない妹の初に想いを寄せているのが、不思議でしょうがなかった。

「そうかな。身近にいすぎて、いいところに気づいてないだけじゃないの、太平が」

「……祐季」

視線を向けると、祐季もまた、少しきつい瞳で太平を見ていた。

「――太平はショックだったのかもしれないけど、その初恋の人のことだって、離れてたからわかることもあるんじゃない」

その時、からから、と入り口のドアに付いているベルが鳴った。

「いらっしゃいませ！」

祐季がにこやかに声をかける。入ってきた女性客は、ショーケースの中の様々なドーナツを見比べている。

「お決まりになりましたらどうぞ」

にっこり笑った祐季が、客の注文が決まるのを待つ間に、小声で太平に囁《ささや》いた。

「そうそう。そういえば、どうやら東口店から助《すけ》っ人《と》が来るみたいだよ」

「助っ人？」

「もうすぐ夏祭りで、こっちの西口店の方が忙しくなりそうだってことらしいけど」

太平が働くドーナツショップはチェーン店で、駅の西と東に一軒ずつある。もうすぐ開かれる夏祭りは駅の西口側がメインになるから、その時のフォローを考えてということなんだろう。

「ふうん……」

「まあ、何だかいろいろありそうな夏だよね。——はい、お持ち帰りですか？」

接客用の笑顔に切り替えて、注文されるドーナツをトレイにひとつ、またひとつと置いていく祐季を見つつ、思う。

何かが始まると、思った感覚。

本当に——いろいろありそうな夏になる、予感がした。


がらっと、玄関を開けた。

「ただいまー」

言いながら靴を脱ぎかけて、気づいた。見慣れない女物の、ヒールのある靴がある。

静瑠の靴とは違うようだが——。

「よう、おかえり」

顔を上げて、太平はその場で固まった。

「れ……れ、恋歌《れんか》さんっ？」

「おっす」

ひょい、と片手を挙げてウインクしてみせたのは。

雪原《せつはら》恋歌——太平の元家庭教師であり。

そして。

兄の順平の、結婚相手のはず、なのだが。

「ちょ……ちょっと、恋歌さん、何でここにいるの！」

「ん？　昔から鍵《かぎ》の置き場所変えてないのな、このウチ。勝手知ったる何とやらってヤツだよ」

「——だからそういう問題じゃなくて！　どうしてハワイにいないの！　結婚式はどうしたんだよ！」

「あー、そうポンポン言うなって」

わざとらしく両耳をふさいでみせて、恋歌はすたすたと居間に戻っていく。その後を太平が追う。

「だって結婚式、まだ終わって——」

「うん。終わってない」

「じゃあどうして！」

「簡単だよ。逃げてきたの」

「逃げて、って……」

太平は二の句が継げず、ただ口をぱくぱくと動かした。

恋歌がけっこうとんでもない性格なのは、家庭教師をしてもらっていた頃《ころ》に痛感していたが。

結婚式直前で、逃げ出した、だって？

「ふうっ。――なあ、ビールある？」

居間のソファに腰かけ、はおっていたジャケットを脱いで、恋歌は思いきりくつろいだ格好で背もたれに身体《からだ》をもたせかけた。

「あーのーね、それどころじゃないでしょう！」

ジャケットの中が、ほとんどビキニの水着の上半分くらいしかない小さなチューブトップであることに太平は気づいて、あわてて目をそらした。深くくれた胸の谷間が、立っている太平からはしっかり見えてしまう。

「まあまあ、堅いこと言わずに。――ああ、あるじゃん」

立ち上がったかと思うと今度は勝手に台所に行って、冷蔵庫から缶ビールを一本取り出し、恋歌は嬉《うれ》しそうな声を上げた。そしてさっさとまたソファに戻り、どっかと腰をかけて早速プルトップを引き上げる。

「恋歌さん！」

「ただいまー」

「お邪魔しますー」

（……はい？）

今、初の声がした後で、もうひとつ、違う女性の声がしたが――。

「兄、帰ってるんだ？」

居間に入ってきた初が、恋歌の姿を認めた。

「あれ……恋歌さん、だよねえ？　ここに来てたの？」

さほど驚いた様子のない初に、太平はきょとんとした。

「初？　お前――」

「昼間、お母さんから電話があったんだよね。花嫁さん逃亡、って」

「あははは、さすがに連絡早いなぁ」

「でもって、こっちもお客さんだよ」

初が後ろを振り返る。

「――あのぅ……」

その後ろから、おずおずと出てきた人がいた。小柄な女性。いや――女の子に見えるが。

「太平ちゃん！　太平ちゃんですね！」

その女の子は、喜々として太平の名を呼んだ。

頭の両横で結わえた髪。あどけない顔立ち。見覚えがある。いや、ありすぎる。でもおかしい、自分の知っている人は、もうとっくに二十代半ばになっているはずで。だけどどう見ても、目の前の女の子は、中学生か、よっぽど上に見ても高校生にしか——。

「こよみ姉……？」

半信半疑で訊ねてみた。

「はい！　覚えていてくれたんですね、やっぱり太平ちゃんですね！」

喜色満面で答えた、中学生にしか見えない女の子は、名古屋にいるはずの従姉、華織こよみだった。

何度思い返してみても確かこよみは、太平より、年上なのだが。

そして。

「——ただいまあ……あら、お客様？」

玄関の方で、静瑠が帰ってきたらしい、声がした。


ダイニングに戻ると、テーブルの上にずらりと料理が並んでいる。

「これ……」

なかなかに壮観だ。真ん中にうずたかく盛られた鶏の唐揚げとフライドポテト、焦げ目も程よい卵焼き、それにいい匂《にお》いがしている煮物の鉢。つやつやご飯と、油揚げとネギのみそ汁。

うまそうだった。

「静瑠姉ちゃんとこよみ姉ちゃん作だよ。ボクはお皿並べただけ」

初が肩をすくめる。

「こよみさん、すごく料理が上手なの。今日は上京されてきたばかりで疲れてるでしょうに、ほとんどやってもらってしまって……」

静瑠が申し訳なさそうに言うのに、こよみはぶんぶんと三つ編みを振り回すようにかぶりを振った。

「いえ、静瑠さんもとってもお上手ですよ！」

「あたしはちなみに何もしてない。その方がみんなのためだしね」

すでに食卓についている恋歌が、今度は瓶ビールを出して飲みながら続けた。

「はい、太平ちゃん、ご飯どうぞ」

こよみがてんこ盛りにした飯茶碗《めしぢゃわん》を差し出してきた。

「ああ、うん……ありがとう」

なんだかわからないままに、飯を受け取って席に着く。

「さあ、いただきましょうか」

エプロンを外した静瑠が言う。

第一章　三つどもえ

「いただきまーす！」

初の嬉しそうな声とともに、夕食が始まった。

互いに初対面の三人を、ともかく太平は簡単に引き合わせた。

恋歌、こよみ、静瑠。

引き合わせたものの、このぎこちない空気をどうしたものかと、誰もが口に出さないまでも途方に暮れていたのだ。

が。

『ともかく、夕ご飯にしませんか？　みんな、お腹空《なかす》いてるでしょう』

静瑠の言った言葉の威力は、絶大だった。

それを誰もがとりあえずの最善策としたのか、全員が押し流されるように同意して――実際太平も、ひどく腹が減っていたし――こういう段になったのだが。

と、恋歌がぽいっと唐揚げを口の中に放り込み、コッ

プに残ったビールをぐい、と干して言った。

「えっと……で？　こよみちゃんは転校の手続きだっけ？」

「違います！　何度も言いますけど、こよみは就職をしに来たんです！」

「はいはい」

血相を変えるこよみを軽くいなして、新しいビールをあけようと立ち上がった恋歌を、こよみはちろっと上目遣いに見る。

「恋歌さん、――もしかしてわざとやってますね？」

「いいや？　ホントのこと言ってるだけ。だってこよみちゃん、実の父親に未成年だって断言されたんだろ？」

「うう……それはもう言わないでください！」

こよみが、本当に泣き出しそうな顔をした。

「だいたい、娘の新しい門出を邪魔する父親なんて、間違ってるんです！　あんなことを電話口で父様が言うから、せっかくたどり着いた不動産屋さんに家出娘と間違えられるんです！」

「だってこよみちゃん、どう見たって中学生の家出娘だし」

「恋歌さん！　こよみはれっきとした成人女性なんですよ！　いくら父様がこよみの就職を反対してるからって……」

初対面のくせに、恋歌とこよみのデコボコ漫才がひたすら続いている。

というより、一方的に恋歌がこよみをからかっている。こよみには、自覚はまったくないようだったが。

「まあまあ、二人とも。こよみさん——きっとお父さまは、こよみさんが大切で、心配でしょうがないんでしょう？　だから邪魔をして、お家に呼び戻そうとしたんでしょう」

静瑠がおっとりととりなした。

「そうなのかもしれませんけど……」

しかしこよみは、まだ憤慨しているようだった。確かに、不動産屋からの確認の電話で、父親に嘘《うそ》をつかれてはたまらない。こよみの外見では、どう釈明しても信じてもらえまい。

「でも」

と、こよみの視線がこちらを向いた。

「でも、そのせいでこうして太平ちゃんの近くに来られたんですから、一概に父様を恨まなくてもいいのかもしれないんですけど……」

太平を、じっと見つめて、こよみは両手を胸の前で祈るように組み合わせた。

「だってこよみと太平ちゃんとは、幼い頃に結婚の約束を交わしていますから！」

——は？

何だって……？

「げ?」

「……そうなの?」

「マジ?」

たちまち全員の視線が太平に集まった。

「ち……ちょっと待ってよ、そんな、俺――」

「何だ、太平。お前も意外とワルイ男だなぁ」

と、恋歌が呆れた顔で肩をひょいとすくめた。

「結婚の約束をした相手がいるクセに、あたしの純潔、奪ったわけだ」

「――!」

さらに視線は針のようになって、太平に集中した。

「た、太平ちゃん……」

こよみが絶句する。

「……兄、ホント?」

初がちろっと太平を見上げた。

いやその。

えーと――。

「へーえ、兄ってそういう男だったんだぁ」

「おい、初！」

恋歌がしゃらっと笑って継いだ。

「だーって、あたしはウソなんてついてない」

――だめ押しだ。

「…………」

ひとり、静瑠は何も言わなかった。ただ、じっと黙ったまま、太平を見つめ続け――。

「まあ、いろいろあるんじゃない？　太平ちゃんだって、子供じゃないんだし。――それより、食事が冷めちゃうわ。今はご飯を食べましょうよ。ね？」

そう言って、静瑠はふっと笑った。


夕食が終わった。

そしてそれぞれが部屋に入って――太平は恋歌に自室を奪われて居間に落ち着いたのだが――、その夜の鈴風家では、いろいろな想いが交錯していた。


実の父に裏切られて不動産屋に追い返されるという、あまりのさい先の悪さに、こよみははっきり言って落ち込んでいた。

確かに、父親はずっと自分の上京と就職に反対し続け、半ば家出のように飛び出してきてしまったのはこよみだったけれど。

でも。

(ううん……でも、負けちゃいけません!)

布団に横たわって、きっ、と天井を見上げた。

(明日からはお仕事もありますし。きっと何とかなります!)

自分に言い聞かせつつ、こよみはこくんと頷いた。

(それにしても、太平ちゃん……こよみとの約束、忘れちゃったんでしょうか……?)

自分の身の振り方よりも、気になることが、こよみにはあった。

幼い頃の約束を信じ続けていた自分。しかし、久しぶりに会った太平の周りには、どうも太平と訳ありげな女性がいる。

しかも、二人。

(静瑠さんは、お姉さんみたいな人だって太平ちゃん、言ってましたけど……それにしても、あの恋歌さんっていう女性は、ほんとに失礼な……!)

ぷうっとこよみは頬《ほお》をふくらませた。

(でも、太平ちゃんと、恋歌さんは……)

恋歌の言葉を思い出し、今度は顔を真っ赤にした。ひとり百面相だ。

（こよみは……こよみは、どうしたらいいんでしょうか――）


太平の両親の部屋で、こよみが疲れて寝息を立てる頃、恋歌はごろんと太平のベッドに転がった。

「あ。……太平のにおいがする」

何だか不意におかしくなって、枕を抱きしめた。枕カバーもシーツも新しいものと取り替えてはあったが、抜けないにおいが残っている。

「――男臭いじゃん」

自分が受験勉強を教えていた頃は、もう少し太平は子供っぽかった。でもそれがもう、すっかり抜けかけて、青年らしくなっている。

（まいったなあ）

我ながら暴挙に出たことはわかっている。花嫁の敵前――というわけではないが――逃亡など、本来なら許されるものでもないだろう。

（でも、しょうがない）

恋歌は思う。なぜ自分がここに来たのか。はっきりとした理由が見えているわけではなかった。ただ、気がついたらこの家に向かっていた。逃げ出した当の相手の、実家だというのに。

（来ちまったんだから――）

小さくため息をついて、恋歌はもう一度ぎゅっと枕を抱いた。


恋歌がベッドの上で輾転《てんてん》反側している時、部屋の鏡台の前で、静瑠は長いロングヘアをゆっくりと梳いていた。

（お姉さん、なんだから）

すうっと櫛《くし》を髪に通しつつ、思う。

小さな頃からずっと、太平と初の姉代わりだった自分。だからさっきも、とっさにそうやってふるまった。それが身についていたし、自然だと思ったから。

（でも……）

胸の中は複雑だった。太平はこよみと、幼い頃の話ながらも、結婚の約束をしたという。何であれ、こよみはその想いを抱いて上京してきたのだ。

そして、恋歌。明らかに、太平と関係を持っている女性。

ふうっ、と息をつく。

（ねえ、太平ちゃん。あの告白、私は忘れてないのよ……？）

太平はもう、階下の居間で休んでいるだろうか。

どこか太平の態度はぎこちない。それは長い間会わなかったブランクもあるだろうし、
告白に結局静瑠が返事をしなかったこともあるだろう。大学入学を理由に、逃げるように
自分はこの家を出た。

（お姉さん、なんだから）

もう一度思う。

それが自分の立場だったのだから、まずはそれに戻ろう。

しかし。

静瑠は櫛を握る手を止めた。鏡に映る、自分を見つめる。

（静瑠姉）

変わらず、自分をそう呼ぶ太平の声がした、気がした。

あの告白に、返事をしなかったのではない。できなかったのだ。

姉代わりだから、太平の気持ちに返事を告げられなかったのだろうか。血はつながって
なくても、近くにいすぎた。

（今なら——どう、なるのかな）

ふと思って、静瑠はかすかに身震いした。

寮暮らしができなくなることだけで、静瑠はここに来たわけではない。
何かを確かめるために、来たのだ——。

第二章　日常的な事件・大小

何か、遠くから響いてくる物音に呼ばれて、太平は目を覚ました。

(ん……?)

声の元は、庭の方みたいだが。

「あつつ……」

起きあがってみて、そういえば自分はゆうべ居間に寝たのだと思い出した。ソファは男の自分には少し狭くて、ちょっと身体《からだ》が痛い。

「ハッ——イヤァッ!」

「とぅ!」

その間にも、まだ声は続いている。まだぼやけた目をこすりながら、太平は縁側へと歩いた。

「セイッ! ヤアッ——ハッ!」

かけ声の主の片方は、こよみだった。

「ハァッ——」

長い髪を高く結わえて、白い着物に朱の袴《はかま》をつけたこよみは、幼い外見を忘れるほどに凛《りん》とした顔をしていた。

(そうか……こよみ姉の家、道場だったな)

思い出して、納得した。漂う気迫が普通じゃないのだ。

「……やっ、はぁっ！」

　そして、そのこよみに気おされながらも、果敢に立ち向かっている相手は初だ。こちらは習っている空手の胴着に、下はスパッツの軽装。

「えいっ！」

と、初が思いきったように大きく蹴《け》りを入れてこよみの前に飛び出した。

「イヤアアッ！」

　なかなか堂のいった蹴りだったが、こよみは一瞬身を翻したかと思うと初の脚を造作なく払いのけ、逆に体勢を崩した初を両手で押さえつけるように捕まえ、ぐずぐずと座り込んだところに頭上から手刀を構えた。

「――ちょっ、ちょっと待って、ギブだよ、まいりました！」

「わかりましたよ」

　初が泣き言めいた悲鳴をあげたところで、こよみがにっこりと微笑《ほほえ》んだ。手をゆるめてもらって、ふうっと大きく息をついて初が立ち上がる。

「……やっぱりこよみ姉ちゃん、強いや。全然かなわないもん」

「初ちゃんもいい動きをしていました。ただ、どうしても直線的で、読みやすいところに技を出しがちですね」

「ん――もっと練習しなくちゃだなあ……あれ、兄」

初が太平の姿を認めて声をかけてきた。こよみもこちらを見る。

「おはようございます、太平ちゃん！」

「おはよう、こよみ姉」

挨拶《あいさつ》を返したところで、奥からやってくるとんとん、という足音がした。

「おいおい、何やってんだ？　朝っぱらからにぎやかな……」

恋歌が大きく伸びをしながら顔を出す。

「あ、恋歌さん。ボク、こよみ姉ちゃんにちょっとね、相手してもらってたの」

「相手ぇ？」

「うん。起きたらこよみ姉ちゃんが朝練やってたからね」

「こよみ姉の家は、道場なんだよ」

怪訝《けげん》そうな顔の恋歌に説明すると、こよみがこくんと頷《うなず》いて続けた。

「はい。『華織心眼流合気術』という古武術の道場です」

「…………ふーん」

恋歌はよくわからないらしく、珍しくつっこみもしなかった。

と、ぽん、と手を叩《たた》く。

「──そうだ、忘れてた。静瑠さんが朝ご飯できたから、みんな呼んでこいってさ」

「やった！　ボクもうおなかぺこぺこだよ～」

「あ――申し訳ないことをしてしまいました、今からでもお手伝いしないと！」

三人が連れ立って台所に戻っていく。太平も後に続きながら、思った。

(俺も昔は、空手をやってたんだよな――)

だが太平はすぐに飽きてやめてしまった。後から始めた初の方は、まだ続いている。だからこそ、相当な武術の使い手であるこよみにも、あれだけ対抗できるのだ。

だいたい自分は昔からすぐに興味が移りやすい。空手、サッカー、カメラ、釣り……どれも今まで続いた趣味も特技もなかった。

継続は力なり、というのは、単なるお飾りの言葉だと思っていたが。

それは真実なのだということを、こよみと初に見せつけられた気がした。

(俺……何か続いてること、あったのかな――)

考えてみても何も思い当たらない。太平は少し寂しい気持ちになった。


こよみも今日から仕事らしい。劇団に行く静瑠と連れ立って、急ぎ二人が出かけるのを見送って戻ると、居間では初と恋歌がのんきにソファで食後のコーヒーを飲んでいた。

ところで――。

「ねえ、恋歌さん。これからどうするの」

「ん？」

ブラックのコーヒーを干して、恋歌が太平を見た。

「どうするって……」

「逃げ出して、そのまま放っておくわけにもいかないだろう？　あっちのこと」

「ああ」

恋歌は苦笑いを浮かべた。

「まあ、ね。そうなんだけど、まだ合わせる顔がないのもあってね」

「…………」

なるほど、それも一理ある。

「もうちょっとほとぼりが冷めるまで、ここにいるさ」

「いるさ、って――」

「太平もいるし」

恋歌がぱちり、と片目をつぶる。

「兄、モテモテじゃん」

おもしろそうに言う初の頭を、こつんと叩く。

「あたっ！」

「いいから、お前は勉強しろ。――そうだ恋歌さん、こいつの勉強見てやってよ」

「初ちゃんの？」

「恋歌さんに家庭教師をしてもらって俺も合格したんだから、頼むよ。それに誰《だれ》か見てないと、こいつはすぐにさぼるから」

「んなことないよ～……」

反論の言葉に力がないのは、事実だからだ。

恋歌はにやっと笑った。

「いいよ。初ちゃんの臨時家庭教師、やったげる。――ホントはお金をいただくところだけど、この家に置いてもらうこととバーターでどうだ」

恋歌は実際医大生だ。頭がよく、勉強ができることに間違いはない。それに恋歌に見ていてもらえば、自分はアルバイトの時間を少し増やせるかもしれないし。

「……わかった」

「じゃ、契約成立だな」

恋歌が立ち上がって太平の肩をぽん、と叩いた。

「さ、初ちゃん。そうと決まったら部屋へ移動！」

「えー、もう……」

ぶつぶつ言う初をしり目に、恋歌はもう一度太平にウインクをしてみせた。

通用口からカウンターに入ろうとした太平は、その手前で、中から出てきた誰かとぶつかりそうになった。

「うわあっ、びっくりした——何やの、もう！」

「へ？」

聞き慣れない声に太平は一瞬驚いて、相手を見た。

「危ないやないの、どこに目ぇつけとんの」

「は……あ、すいません……」

圧倒されて思わず頭を下げた。でも、この女の子、誰だ……？

この店の制服をつけているのを見る限り、ここの従業員かバイトだということだが、太平はまったく知らない相手だった。

しかも太いフチのぐるぐるメガネに関西弁。髪を頭の片側で縛った珍しい髪型。これだけインパクトのある外見だったら、一回見たら忘れるはずもない。

「……ナニじろじろ見とんの」

「あ——その、えっと……」

「ああ、太平」

そこへ、祐季が顔を出した。

「……なあ、祐季。この人――」

「この前、ちょっと話したろう？　東口店から助《すけ》っ人《と》が来るって」

「高山小麦《たかやまこむぎ》や。よろしゅうな。あんたは？」

「あ――鈴風太平です」

右手を差し出して握手をしたが、握手が済んだ途端に空のトレイを押しつけられた。

「あ、ちょうどええ。これ、調理場に持ってってって、新しいドーナツ補充してきてや。シナモンリングとチョコナッツやから」

太平は反射的に受け取ってしまった。

「ほら、早うしてや！」

「あ、うん……」

太平の返事を聞ききらないうちに、小麦はさっさとカウンターに戻る。

そして、今入ってきた客に、このうえなくにこやかに声をかけた。

「……あ、いらっしゃいませ！　こちらでお召し上がりですか？　ただ今キャンペーン中でして、スタンプをためるとオリジナルのティーポットかクッションをもれなくさし上げておりますので――はい？　そちら、コーヒーのお代わりですね。かしこまりました！」

思いっきり、標準語だ。

くるりと向き直り、小声で早口にささやく。

「ちょっと祐季くん、7番テーブルのお客、コーヒーやて！　それからついでに8番の空いた皿とトレイ下げるの忘れんといてや」

「………」

すごい。

「やっぱり、びっくりするよね？」

苦笑混じりに祐季が言った。

「今朝から、僕ら二人分の仕事、一人でやっちゃう勢いなんだ」

「ああ……」

「あのなあ、早うせえって言うたやろ！」

眼鏡《めがね》の厚いガラスの向こうで、小麦の目がぎろっと光った。

「ほら、太平。早くしないとまた高山さんに怒られるよ」

「あ、うん……」

お客に対する豹変《ひょうへん》ぶりといい、関西弁といい、これが大阪の商人魂というものなのかもしれない。

ちょっとこわい。

が。

すごく、おもしろかった。

小麦に煽《あお》られるように仕事を続けて、瞬く間に時間が過ぎた。昼食のための休み時間をもらったものの、結局何かを買ってくるのも面倒になって、店のカレードーナツとマフィンにアイスコーヒーをつけて、裏手の従業員控え室に引っ込む。

もそもそとカレードーナツをほおばりながら、太平は考えた。

静瑠の帰還だけだって自分にとっては大事件だったのに。

こよみが現れ、恋歌がやってきた。

（うーん……）

静瑠への想《おも》いが、変わっているわけではないのだとは、思う。だが、さすがに同じ屋根の下にさらに二人の女性が同居するとなると、動揺もする。

ましてや一人は、小さな頃《ころ》に結婚の約束をしたのだと言い張り、もう一人は実際に自分が初めて関係した相手なのだ。

（……どうなっちゃうんだろう、これから……）

とそこへ、ノックの音が響いて、太平の思考は一時停止した。

「はい」

「お邪魔するで」

入ってきたのは小麦だった。

「先に休憩取るよう言われてな。お昼、一緒に食べてもええ？」

「あ、うん。どうぞ」

隣の席を示すと、小麦はさっさと椅子《いす》に座って自分の弁当を取り出した。

「いただきまーす」

包みを開き、軽く合掌して食べ始めようとしていた小麦の手が、止まった。

「――なんや、ドーナツだけでお昼か？」

「うん。そうだけど」

「あかん！　そんなん、栄養偏るわ。このおかず食べや？」

つい、と弁当箱を差し出された。

「……これ、高山さんが作ったの？」

「小麦でええよ。うちも太平くん、言うし」

にこ、と笑う顔を間近で見る。眼鏡の奥の瞳《ひとみ》が見える位置に来ると、どうやら小麦は思ったよりかわいい。

「せや。うちのお手製や。それなりにいけると思うで？」

「あ……じゃあ、お言葉に甘えて」

ミートボールときんぴらをつまむ。なるほど、うまかった。

「うん。おいしい」

「せやろ？　年季が入っとるからな」

小麦は自慢げに言って、そぼろのかかったご飯を口に入れた。

「ちっちゃな頃から、家事はうちの仕事やったもん」

「へえ――」

「父親は何もせえへん人間やしね」

「父親？」

「ああ」

小麦は小さく肩をすくめた。

「うちんとこの両親、ワケありやから」

家事と言って父親が出てくるあたり、つまりは離婚ないし別居しているんだろう。

「ごめん、悪いこと聞いた」

「ええよ。うちが自分から言ったんやし」

さばさばと小麦は言って、ぱくりとタコさんウインナーをかじった。

「――ところで、小麦ちゃんって関西の人だよね？」

何となく話題を転換する。

「違うで？　神奈川出身や」

「え、でも関西弁……」

「あははは、これがちゃんとした関西弁に聞こえるちゅうことは、太平くんの周りに関西人はおらんいうことになるな。――うちのはパチもんや。小麦弁、ちゅうとこかな」

苦笑いしながら小麦は続けた。

「お母ちゃんがな、関西の人なんや。一生懸命真似《まね》してるうちに普通の言葉と混ざってしもうて、今や小麦のオリジナル方言やで」

「……大変だね」

何と返していいかわからず、太平はぼそりとつぶやく。

「ん？　たいへんて」

「いろいろありそうだから、小麦ちゃんの家も」

「も、って……あんたんとこの家族も、ワケありなん？」

「っていうか――」

正確には、家族、というわけではないのだが。

「家族というか、うちっていうか……ともかく、自分に近い人のことで――まあ、いろいろあるのは本当かな」

「そっか」

小麦がふっと、考え込んだ。

「近い人やと、難しいなぁ。どうしても考えてしまうし、そばにおったら影響されるし、ほっとこう思てもほっとけんし。そら気になるやろ」

「うん……」

「ま、お互いがんばろ。うちでよければ、相談乗るし。──これでも、そんじょそこらのお嬢さんよりは人生経験豊富やで？」

片方の口の端を上げ、小麦は笑った。それはすごく、大人《おとな》びた笑みにも見えた。

「うん。ありがとう。……俺もできることあったら、力貸すよ」

「頼むな。──でもまずは、ここのさぼりまくる店長の教育からやろ！　まったく、何で店長がこんなにお店に来いへん店がやってられるんや。東口店の店長の爪《つめ》のアカ煎《せん》じて飲むとええんちゃうか？」

「あ、はは、ははは……」

おだをあげ始めた小麦に気おされつつ、しかし太平の胸の中には、さっきの小麦の言葉が響いていた。

(──どうしても考えてしまうし、そばにおったら影響されるし、ほっとこう思てもほっとけんし)

そうなのだ。どうしても、考えてしまうのだ──。

だめだ。どうしてもここから先が、わからない。

参考書をめくるのをやめて、初は顔を上げた。目の前にいる恋歌を、見る。

「ねえ恋歌さん――こーこさあ……」

「自分で考えな」

「へ？」

「それ、今までやったことの応用だろ？　よーく考えればわかるはずだよ」

ということは、見てないようで見ているのだ。さっきからずっと、クッションにもたれてジンジャーエールをすすっているように見えたが。

昔、太平の家庭教師をしていた頃の恋歌は、今の軽快なボブではなくストレートロングだった。

髪を切り、今こうして、肩もおへそも露《あら》わな服を着ている恋歌は、初には何だか自由のかたまりに見えた。

結婚式をほっぽり出して逃げるのを、自由と呼ぶには幾分、語弊はあったが。

「……恋歌さんさあ。――どうして、結婚やめて逃げてきたの？」

「ん？」

ちろ、と初を見た恋歌の顔が、苦笑に変わった。

「まだ縛られたくなかったっていうか、ね。……だいたい、順平さんはあんなにまじめな人だろ？　あたしなんかじゃ申し訳ないっていうかさ」

「そっか……。兄と順平兄ちゃん、全然違うよね」

恋歌の言葉には、実のところ初も納得せざるを得なかった。長兄の順平は本当に優等生で、しっかりしていた。しっかりしすぎるほどに実直で、恋歌だけでなく、初だって妹をやっているのが申し訳なくなるような人なのだ。

すぐ上の太平の方は、いい加減だったりするわりに――いや、だからだろうか。近くにいるのが楽だし、初も遥《はる》かに太平の方になついている。

「見合いの段階で断らなかったあたしも悪いんだけど。なかなか言い出せなくて」

そう言って恋歌が頭をかく。

「……恋歌さんって、なんか好き勝手やってるようにも見えるけど、気ぃつかってたりするんだ」

「なんだよ、その言い方」

くくくっ、と喉《のど》で笑う。

「でも最後の最後で逃げちゃってるんだから、情けないよ」

「――だけど、この家に来たんだ」

「うん？」

「いくらみんなハワイに行っちゃってるからって、ここ、順平兄ちゃんの家だよ？」

「ああ……そうだな」

恋歌が、からりとグラスを揺らした。

「何で来ちゃったんだろうな――」

ひとりごとみたいに、恋歌が言う。

「恋歌さん、――昨日言ってたこと、ホント？　……兄が、初めての相手だって」

「ああ」

さらりと答えられて、どきん、と初の心臓が鳴った。

「――それくらい、好きだったっていうこと？」

「どうかな。男と女なんだし、ひとことじゃ言えないよ。もちろん嫌いじゃなかったし、好きだったとは思うけど」

と、ちろ、と恋歌は初を見た。

「初ちゃんは？　そんなこと考える相手、いるんだ？」

「へっ――え、えっと……」

シャーペンのお尻を噛《か》んで、初は口ごもった。

「ははーん、その顔は、いるな？」

「い、いない、わけじゃないけど……」

顔が赤くなってきてるのが自分でもわかる。

「どんな男？　この恋歌さんに教えなよ」

「あ——えっと、その……」

さすがにこうして真っ向から聞かれると、照れる。照れまくる。

でもその、女心としては、言いたいのも、あって。

結局、ぽつりぽつりと話し始めた。

「やさしい、よ。……ボク、あんまり女の子扱いしてもらえないんだけどさ、こんなボクでも——なんつーかその、レディっていうか、ほら……」

「へえ。いいじゃん」

「うん……」

恥ずかしい。何だか耳まで赤くなってる気がする。

と、恋歌がさらにとんでもないことを聞いた。

「で、まだしてないんだ？」

「ええっ！」

目をまん丸にした初を、恋歌はおもしろそうに見つめている。

「恋歌さぁん……」

もちろん、まだだ。そんな状況にもなっていない。というか、まともにデートをしたこ

とすらない。

「してないわけだ。――したいと思う？　その人と」

「え、……ん――……」

ぐるぐると想いが頭の中で渦を巻く。

自分のことを好いてくれる人。やさしく接してくれて、清潔感があって、頭もよくて。

しかも、兄の親友で。

でも。

初は、恋歌の問いに、まだ答えを出せそうになかった。


道を歩いていた太平は、家の近くまで来て、前を歩く小さな人影に気づいた。夕陽に背を照らされたその姿は、間違いない。こよみだ。

しかし、そのとぼとぼとした歩みは、まったく気力を感じられなかった。太平はやや早足で歩み寄り、顔を覗《のぞ》き込んだ。

「――こよみ姉？」

「あっ……！」

びくん、と身体を震わせて太平を見たこよみの頬《ほお》に、涙の跡があった。

「どうしたの？　何かあった？」

「た……太平ちゃん……」

ひくっ、と小さくしゃくり上げたかと思うと、こよみの大きな瞳に、透明な液体がわき上がってくる。

「私――……その、私…………」

涙に紛れてわかりづらいこよみの話をつなげて考えてみると、どうやら初出勤の仕事場でミスをしたようだった。

「その……緊張、して――すごくすごく、緊張しちゃって……手が震えて、辛いお薬を、患者さんの歯じゃなくて舌に思いっきり塗っちゃったり……」

こよみの仕事は歯科衛生士なのだと、昨日の夕食の時に話していた。とりあえず昨日上京してすぐに、務める歯科医に挨拶を済ませ、だが不動産屋で相手にされず、住居については太平を頼ってきたのだ。

「そのほかにも、いっぱい失敗しちゃって……」

ぐす、と鼻をすすってこよみは続けた。

「やっぱり――私には独り立ちはまだ無理なんでしょうか……」

「こよみ姉……」

「父様が、言うんです……無理だって――こんな失敗したことをもし父様が知ったら、そら見たことかって言うに決まってます……それで、こよみは名古屋に連れ戻されちゃうんです……」

「何言ってるんだよ、こよみ姉」

「え……？」

こよみが太平を見上げた。夕暮れのオレンジの光が、こよみの顔を照らす。今朝の初との組み合いで見た凛々《りり》しい顔はどこかに消えて、子供の頃のままの、泣き虫こよみの顔が目の前にあった。

——と。

（大丈夫……大丈夫、ですから）

太平の中によみがえってきた、記憶。

（大丈夫ですから、泣かないでください……泣いちゃ、ダメですよ……）

小さなこよみ。そして、小さな自分。泣かないで、と言いながら、真っ先に泣いていたのはこよみだ。

「ねえ、覚えてる？　こよみ姉。ずいぶん昔に、二人で道に迷ったことがあったよね」

「え……あ、はい！」

こよみはこっくりと頷いた。

「確か親戚《しんせき》の結婚式だったよね。初めてこよみ姉と会った時だった」

「ええ……」

こよみは目をこすって、少しだけ笑顔を見せた。

「二人で遊びに出て、そのまま道がわからなくなって。何とかバスに乗って帰ったけど、その後いっぱい怒られたっけ」

「そう――でしたね。……あれはでも、こよみが遊びに行こうって言ったから……」

「そんなことはもういいんだよ。どっちがどうとかっていうのも、どうでもいいことさ」

「え――」

太平の心の奥底に残っている、記憶。

(ごめんなさいね……こよみのせいで)

(今度、また遊びましょう。絶対ですよ?)

小さなこよみが、ぎゅっと太平の手を握った。年上ではあったけれど、握られた手は太平より小さいくらいで、しかしとても、あたたかだった。

(父様にも母様にも、伯父様、伯母様にも、ちゃんと言っていきましょう)

(そうすればきっと大丈夫です。こよみは太平ちゃんとまた、遊びたいから……)

(大丈夫。大丈夫です……)

こっぴどく叱《しか》られたからこそ、そのあたたかさが太平の中に沁《し》みていた。

「こよみ姉、何度も言ってたよね。『大丈夫、大丈夫ですから』って」

「……でも今日だって、そう言ってみても、ちっとも大丈夫じゃなかったんです……」

思い出したのか、また泣きかけるこよみに、太平は笑いかけた。

「で、先生は？　もう来るなとか言ったの？」

「……いいえ」

ふる、とこよみが首を横に振る。

「だったら、大丈夫なんだよ。本当に致命的なことをやって、取り返しがつかなくなってれば、責任を取れってことにもなったかもしれないけどさ」

「そう、でしょうか……」

「こよみ姉に大丈夫、って言われたあの時、何となく本当に大丈夫かもしれない、って思い始めてた自分がいたんだ。だんだん、そんな気になってた」

「太平ちゃん――」

別にそれは、慰めのための方便ではなかった。

こよみの『大丈夫』という言葉には、何の根拠もなかったかもしれない。しかし大丈夫と言われ続け、こよみにぎゅっと手を握られて迷い道を歩いているうちに、こよみの家方面に行くはずのバスを思い出せたのだ。

「大丈夫だって思う気持ちを持ち続ければ、いいんじゃないのかな」

「……そう、でしょうか」

こよみはうつむいた。目を、ぎゅっとつぶったのがわかった。

そして次に開いた瞳は、濡れてはいたが、強い光があった。

「――まだ、初日なんだからと思ってもよいのでしょうか。……でもそれは、甘えかもしれないです。歯医者も、とんでもない事故が起きる医療現場なのですし。だけど」

唇を噛む。

「私は頑張りたいんです。一度や二度の失敗で、諦《あきら》めるのは……もっとよくないんだと、こよみは思いたいです」

祈るように、指を組み合わせた。

「自分で働いて生きていくことに、父様は反対していますが、母様はこよみを応援してくれています。そんな母様の気持ちを裏切っては、いけませんよね」

「うん。そうだよ」

太平は深く頷いた。

未来に向かう夢や意志を持っている人間は、遮るべきではない。応援するべきだろうと、今、ようやく思えるようになっていた。

それはきっと自分が、夢を追って生きてきた、静瑠を知っていたからだろう。

静瑠がひとりで生きるために家を出たことも、自分とは違う演劇の世界で生きていることを目の当たりにしたショックも、今なら納得して呑《の》み込める。そんな気がした。

「明日は同じミスをしないようにすればいいんじゃないかな」

「——はい！」

にっこりと、こよみが笑った。

「ありがとうございます！　やっぱり約束を信じて、太平ちゃんに会いにこちらに来てよかったです！」

「あ……う、うん」

こよみの満面の笑みと言葉に、太平は口ごもった。

結婚の約束——こよみは言うものの、実際、自分の記憶にはかけらもなかったのだ。もしかしたらあまりにも失礼な話なのかもしれなくて、言い出せずにはいるのだが——。


夏の日々は、流れるように過ぎていく。

静瑠は毎日劇団に通っている。こよみもまた、いろいろ細かいハプニングはあるようだったが、何とか歯科医の助手を務めているようだ。

恋歌はというと、夏休みでも何かの作業があるようで、時折大学に顔を出しながら、初の家庭教師を務めてくれていた。

母親の陽子からまた来た電話によると、結婚式は流れてしまったものの、太平の両親も恋歌の家族も、ハワイで遊んで帰るつもりらしい。順平も、それにつき合うことに決めたという。

のんきな親たちだったが、恋歌にとってはありがたい話のようだった。謝罪するにしても、落ち着くまでの猶予をもらえたということだから。

太平は相変わらずバイトの毎日だが、八月二日の夏祭りが近づくにつれ、西口店はその準備の人々が訪れることも増えて繁盛していた。店長はたいてい不在だが、祐季と有能な小麦がいる。


そんな折に。

——台風、接近。

名古屋からやってきたその台風の名は、華織節夫といった。

第三章　波乱と約束

「頼もう！」

玄関から響いた野太い声に、夕食の卓を囲んでいた全員が、顔を見合わせた。

「……なんだよ、道場破りか？」

恋歌がうさんくさそうに言ったところに、もう一度銅鑼《どら》声が重なった。

「ごめん！」

途端に、がたん、とこよみが椅子《いす》から立ち上がる。

「あの声は——父様です！」

言って、こよみは玄関にぱたぱたと駆けていった。

「え？」

きょとん、とする静瑠の向かい側で、途端に初が頭を抱えた。

「あちゃあ……啓子叔母さんが言ってたの、ホントになっちゃったよ……」

「初？　それ、どういうことだ？」

聞きとがめた太平が訊《たず》ねると、初はしまった、という顔になった。

「もしかして、兄に言い忘れてたっけ。啓子叔母さんから、こよみ姉ちゃんが来る前に電話があって、もしかしたら叔父さんもこっちに来ちゃうかもって——全然姿を見せなかったから、結局来ないつもりかな、と思ってたんだけどさ」

「夜分遅くに失礼するぞ！」

「と、父様……ともかくこよみの話を聞いてください！」

こよみと一緒にずかずかと入ってきたのは、背が高くがっしりとした、和服を着た男だった。年をとりはしたものの、確かに太平の記憶にある節夫叔父その人だ。

つまりは、華織心眼流合気術の師範だ。

「まったく――不動産屋に断られて諦《あきら》めるかと思ったら、ちっとも帰って来ないではないか！」

「父様、こよみはちゃんと就職をしているんです！　歯科衛生士としてしっかり――」

「なぁにがしっかりだ！」

居間のど真ん中に立って言い争う華織親子を、太平たちは遠巻きに見守っていた。

「ワシは今日、露里先生のところに行ってきたんだ。話を聞いてみれば、こよみ、お前はずいぶんたくさん失敗しているようだな？」

「えっ！」

こよみが顔色を変えた。

「先生は大したことないと笑っておられたが！　口をすすぐコップの水をぶちまけたり、歯形を取る場所を間違えたり！　よくそんなことで、しっかり働いていると言えたものだな。ワシは情けないぞ」

「ううっ……」

一歩、こよみが後ずさる。

「あーらーら。そんなことしてたんだ、こよみちゃん。そりゃあなかなかすごいわ」

「恋歌さん！」

小声で囁《ささや》く恋歌を太平がたしなめる。

「ねえ、兄。いいの？　こよみ姉ちゃんと叔父さん、けっこうもめそうだよ？」

「うん……」

初の言葉に、太平は眉《まゆ》を寄せた。迷ってはいたのだ。

できればこよみを応援してやりたい。

「でも——もう少し、様子を見た方がいいんじゃないかしら」

だがそんな太平を、静瑠が小さく制した。

「基本的に家族の問題には、いくら近い間柄でも口を出すべきではないと思うの」

静瑠の真剣なまなざしが、こよみと節夫を追っていた。

「外の人にはわからない、それぞれの家庭の事情ってあるから」

（静瑠姉——）

やや険しくなった静瑠の横顔に、含まれているものは大きかった。

なぜ、静瑠が太平の家に身を寄せていたか。

静瑠は幼い頃《ころ》に交通事故で母を失っている。父親は世界を飛び回る写真家だ。静瑠を連れて行くわけにもいかず、彼女は鈴風の家に預けられたのだ。

　ずっと親と離れて暮らさざるを得なかった、静瑠の言葉。

「でも！　……でも、こよみはもっと働いて、仕事に慣れて、社会勉強もして——」

「お前は華織の家を継げばよいのだ！　名古屋で、華織心眼流合気術を発展させるために尽くせばそれでよいではないか！」

「だけど、それではこよみは、成長できません！」

　こよみが大きく首を振った。

「じゃあ、どうしても歯科衛生士がしたいというのだな？　もしこよみが華織の家を継がないとしても、名古屋でも別に歯科医の助手はできるだろう。向こうでこよみがやるべきことなどたくさんあるぞ。なんで成長できないのだ？」

「う……」

　またこよみは口ごもった。どうも状況は劣勢だ。

「でも……就職した責任というものもあります！」

「あんなに失敗しておいて、これ以上また大変なことをしないという保証がどこにあるというのだ！」

　とりすがるこよみを一蹴《いっしゅう》して、節夫はこよみの手を掴《つか》んだ。

「さあ、帰るぞ」

「父様……い、今ですか？」

「今でも遅いくらいだ！　さ、行くぞ」

「待ってください、せめてみなさんと――それに露里先生にもあいさつを……！」

「そんなものは後でいい！　ともかく来るんだ、こよみ！」

節夫がこよみを、文字通り引きずるようにして玄関に連れて行く。

「こよみ姉……！」

太平は立ち上がりかけた。

これはひどい。いくら何でも横暴すぎる――。

「待ってください！」

その瞬間に、凛《りん》と声が響いた。

そして声の主は、つかつかと節夫に歩み寄る。

「な……何じゃ、あんたは」

「私は宝月静瑠といいます。この鈴風の家に小さな頃からお世話になっている者です」

「――そういえば、話には聞いておったな」

ふむ、とひとつ頷《うなず》く。

「失礼ながら、ずっとお話を聞かせていただいていました。おっしゃることはわからないでもありません。ですが、今すぐに連れ帰るというのは、あまりにも横暴ではありませんか？」

静瑠は節夫を、決して睨《にら》んでいるわけではなかった。ただ、その静かな瞳《ひとみ》は、不思議なほどに力があった。

「こよみさんがおっしゃっているように、お世話になった方々へのごあいさつも必要でしよう。ただ――」

静瑠は言葉を切り、しかしはっきりと言い放った。

「不躾《ぶしつけ》ながら言わせていただくと、叔父様は、こよみさんの意志を強引に抑えつけようとなさっていらっしゃるように見えます」

「何？」

「そーだよ、おっさん」

「お、おっさん⁉」

恋歌がすい、と静瑠のそばに歩み寄った。

「親が子のやる気摘み取ってどうすんだ？　いちばん応援してやらなきゃいけない人間じゃないのか、ほんとは」

「う……」

節夫は鼻白んだ。

「恋歌さん……」

こよみが恋歌を見上げた。その瞳が少し震えているのに気づいたのか、恋歌は肩をすくめる。

「こよみちゃんがいないと、毎日の娯楽が減るからね。からかう相手がなくなって」

「叔父さん」

太平も、静瑠と恋歌の側に立つ。

「こよみ姉はがんばってるよ。失敗したかもしれないけど、それでやめちゃったら、いつまでもこよみ姉の中に苦い記憶が残ると思うし」

「こよみさんがかわいいのはわかります」

静瑠が太平の後を引き取るように継いだ。

「かわいいからこそ、自由にさせてあげるべきかと思うのですが。たとえば太平ちゃんは、大学入学とともに一人暮らしを許してもらっています」

「お……男と女は違う！」

「おっさん、そういう時代じゃないだろうよ、もう」

恋歌が呆《あき》れたように宙を見た。

「ともかく、今すぐってていうのは無茶《むちゃ》だってば、叔父さん」

初もやってきてこちらの味方についた。

「しかし……」

複数に詰め寄られて、さすがに節夫も弱気になってきたようだった。

「――父様」

その時、こよみがきっ、と顔を上げた。

「勝負、しましょう」

「何じゃと？」

こよみは、静かに言った。

「もしこよみが勝ったら、こよみの好きにさせてください。――もし負けたら、父様の言うとおり、今すぐ名古屋に帰ります」

「こよみ姉……」

こよみが、静瑠を、恋歌を、そして太平をじっと見る。

「みなさん、ありがとうございます。――みなさんの言葉を聞いて、こよみは……こよみは、こうするのが一番、こよみらしいと思ったものですから……」

「こよみさん――」

静瑠が頷いた。

「いいんじゃない？　それで」

恋歌がにや、と笑った。

「負けるなよ」

「もちろんです！」

恋歌の言葉に、こよみが胸をぽん、と叩《たた》いた。

「何じゃと？　父親が娘に負けてなるものか――よし、こよみ、勝負だ！」


そして。

実の親を相手にした一本勝負は、想像以上にあっけなく終わった。

構えた時に、こよみにはもう、父の隙《すき》が見えた。自分の気が研ぎ澄まされ、空気が読めるのがわかった。

「うりゃあ！」

「ハッ！」

小さな身体《からだ》を利用し、技をかけてきた節夫のふところに飛び込む。

「セイッ！」

手首の急所をねじ上げるように掴んで、うまく身体をひねると、節夫は自重でバランスを崩し、どう、と地面に肩から落ちた。

「勝負あった！　こよみ姉ちゃんの勝ち！」

審判を務めていた初が大きく叫ぶ。

「すご……」

さすがの恋歌も、軽口を叩くこともなく、ただ感心した表情を浮かべている。

「ありがとうございました」

こよみは頭を下げた。対戦相手の父に、そして審判の初に。

「う、うぅ……」

節夫はまだ、庭の土の上で呻《うめ》いていた。

「……すごい気合いだったね」

太平の声がした。こよみは、勝負を見守っていてくれた太平たちの元に寄った。

「合気術ですから、力というよりは、呼吸と気の力が重要なんです」

「本当に一瞬だったわ。息も乱れてないのね」

静瑠が目を見開く。

「こよみが勝てたのも、みなさんのおかげです。……みなさんが、こよみのことを思って、父様にいろいろ意見してくださって……」

父に対する怒りだけだったら、きっと負けていたと思う。怒りは精神を濁らせる。

静瑠が、恋歌が、父親にたてついてくれた。

そして太平が。

（こよみ姉はがんばってるよ）

（大丈夫だって思う気持ちを持ち続ければ、いいんじゃないのかな）

正直、歯科衛生士の仕事に対して、単純に大丈夫だと思い続けるのは、まだ自信がなかった。節夫が言った通り、小さなミスは毎日山ほどあった。

その度に胸の中で（大丈夫）と唱え続けていたのだ。呪文《じゅもん》のように。

今も唱えていた。大丈夫、と。

長い間合気術を続けてきて、これには自分でもある程度の自信をもっているからだろうか。呪文は効いた。やがて、心は凪《な》いだ。

その段階で、今回の勝利は決まっていたのだろう。

（……でも）

ふと、こよみは思った。

この呪文が、実際の仕事の場で働くようになるには、もう少し冷静にならなければいけないのではないか、と。

逃げ出すように家を出て、上京し、新居も決まらないままに親戚《しんせき》の家に世話になって、仕事を続ける毎日――。

と。

「こよみ姉ちゃん！　啓子叔母さんから電話だよー！」

いつの間に家の中に戻っていたのか、初の声が庭に響いた。

啓子叔母が太平の家にやってきたのは、その翌日だった。

「本当にいろいろご迷惑をおかけしました」

玄関で、紹の着物をぴしっと着付けた啓子が、太平たちに向かってふかぶかと頭を下げる。太平はあわてて首を振った。

「そんな叔母さん、何度もいいですよ」

「いいえ、何度お詫《わ》びしても足りないくらいです。こよみがお世話になっていたのもありますけど、――あなた！　あなたが一番ご迷惑をおかけしたんですよ？」

「あ……う、うむ……すまなかったな、本当に――」

啓子の後ろで、大きな体を小さくしていた節夫が、もごもごと頭を下げる。

「でも、こよみちゃんも、ほんとに帰っちゃうのか？」

恋歌が首を傾《かし》げる。

「はい。――こよみも悪かったんです。父様には、私が家出したように見えたのだと思います。露里先生にも事情をお話しして、少し家族で話し合う時間をいただきましたし」

こよみはいっそ、さばさばした表情をしていた。

「ええ、家族で膝《ひざ》をつき合わせて、一度きっちり話をして、今後のこよみや私たちのことを決めた方がいいと思いますし」

「――そうですね」

静瑠が微笑《ほほえ》んだ。

「家族のことは、家族内で話し合われるのが一番いいと思います」

「今後、皆さんに迷惑をかけず、気持ちよくおつき合いしたいですから。――では失礼します。あなた、こよみ、行きましょう」

啓子が促しかけた時、こよみがじっと太平を見た。

「太平ちゃん……」

少し、唇が震えた。

「こよみ姉――?」

だがこよみは、何も言わずにかぶりを振った。

「……何でも、ありません」

ぺこりと頭を下げると、三つ編みの髪が揺れる。

そして三人の姿は、夏の夕暮れの光の中に消え、玄関の戸が閉まった。

「……行っちゃったねえ」

「恋歌さん、さびしいんでしょ?」

初がからかい混じりの声を投げた。

「べっつにー」

「あ、強がってる」

初と恋歌が言いながら奥へと入っていく。玄関口には、静瑠と太平が残された。

「……こよみさん、最後に何を言おうとしてたのかしらね」

ぽつりと言われた。

「──明日の、夏祭りの花火も見ずに帰っちゃったね、こよみ姉」

質問には答えられず、太平はただ、静瑠にそう言った。


「ん…………」

重いな、と、思った。だが、何だか柔らかい重みだ。

胸から腹、腿《もも》にかけて、仰向《あおむ》けになっている自分に、なぜか重みがかかっている──。

目を開く。まだ完全に目が覚めていない視界の中に、誰《だれ》かが、いる。

誰かが自分の上に乗って──。

「ようやく起きたか」

「うわ！」

あせって身を起こすと、恋歌がくすくすと笑って飛びのいた。

「ちょ、ちょっと恋歌さん、何やってんの……！」

「何って、夜《よ》・這《ば》・い。——つーか、もう朝這いか？」

「あ、あのねえ……」

と、ソファに座る姿勢になった太平の膝の間に、恋歌が割り込むように入ってきた。

「せっかく邪魔者がひとり減ったんだし、カタいこと言うなよ」

「えっ——」

恋歌が鼻歌まじりにシャツのボタンを外そうとする。

「や——やめてよ、恋歌さん……！」

「どうしてだ？　一度肌を交わした仲じゃないか」

艶《いろ》っぽい目つきで見上げられて、太平は言葉を失った。チューブトップのファスナーが開きかけて、形のいい胸の谷間がすぐ、目の下にある。

「やっぱり、朝だからゲンキだな」

くくっ、と笑った恋歌が、つうっと指先で太平の中心をなぞった。

「っ——」

「ほーら、欲求不満の解消したくないか？」

「れ、……恋歌、さん……」

恋歌の声が妖《あや》しい。喉《のど》の奥の含み笑いが、ひどく色っぽかった。

と。

とんとん、という足音が聞こえたと同時に、戸が開いた気配があった。

「――ぁ」

呑《の》み込んだような、小さな声。反射的にそちらを振り返る。

「……ごめんなさい。お邪魔だったわね」

静瑠だった。

ひきつった表情がすぐに、大人《おとな》の微笑に変わって、戸が再び閉まった。

「…………あらら」

恋歌が何度か瞬きした。

「――こりゃ、申し開きできないかな」

恋歌がちょっと決まり悪そうに見上げてくる。

太平の頭は、真っ白になっていた。

それからの静瑠の対応は、徹底していた。

釈明する隙は、どこにもない。

朝ご飯に始まって家を出るまで、終始笑顔なのが逆に恐《こわ》かった。

せめて劇団に行く道すがらに釈明をしたい、とも思っていたのだが、太平がバイトにでかける準備をしている時に先に行かれてしまった。

本当なら劇団まで追いかけて、その間にともかく、あれは不可抗力だったのだとだけでも言いたかったのだが——残念ながら、今日のバイトは遅れるわけにはいかない。

今日は夏祭りの、当日だった。


「さーて、稼ぎ時やでえ！　めいっぱい働いてや！」

腕まくりせんばかりの勢いで、小麦が言った。その口ぶりには、今着ているドーナツショップの制服よりも、初が今日のためにはりきって作ったハッピの方が遙《はる》かに似合う。

「はいはい。わかってますって」

祐季が、臨時に作った出店の準備をしながら笑った。

「ホンマは、ドーナツよりお好み焼きとたこ焼きも売ったらええねん。こおいう時は、そういうもんが売れるやろ？　でもほかの店もいっぱいあるから、ドーナツの方が希少価値でええんかもしれんなあ……」

水を得た魚、とばかりに小麦はばりばり作業を進める。

「ほら、太平くんもはよう手ぇ動かしや！」

「あ……うん」

言われて、出店のテントに布を張る祐季を手伝おうと立ち上がった。いけない。気がつくと、どうしても静瑠のことを考えてしまう。

（違う、誤解なんだ）

（あれは恋歌さんが勝手に――）

言い訳の言葉を、頭の中でなぞり続ける。そして、唇を噛《か》んだ。

こんなに、静瑠に誤解してほしくないと、思っている自分。

それはつまり――。

「太平」

と、声がした。祐季が、じっと太平を見ていた。

「どうしたの。そこ、布がちゃんととまってないよ」

「あ――ごめん、今やる」

テントの布をきちんと張り直す。本当に、情けないくらい気がそぞろだ。

「何か、あったんだろう？」

水で冷やした缶ジュースの数を確認しながら、祐季が訊ねる。

「……まあ、ね」

「言えないこと？」

「――そうじゃないけど……」

起きたことを言うのは、簡単だった。だが言えば、きっと祐季は気にするだろう。

今日は夏祭りで、この近隣では最大級の花火が打ち上げられるから、見物に訪れる人間の数も相当なものなのだ。

静瑠に釈明したいというそれだけのために、例えばここを抜けてしまうことになるなら、祐季と小麦に多大な迷惑がかかる――。

「言いなよ」

と、祐季の顔が険しくなった。

「そんな顔されて黙り込まれてたら、そっちの方がはるかに気になる」

半ば咎《とが》められるように言われて。

太平は、今朝の出来事と、そしていまだに静瑠に真実を話す機会を得ていないことを、祐季に告白した。

「……それ、すっごく怒ってない？　彼女」

「うん――多分」

「気にしないようにして微笑んでるあたりが、やばいね」

「うん……」

頷くしかなかった。

「で、太平。どうするの」

「どうするって――」

「もしかして、一刻を争うんじゃないの、それ」

祐季がはっきりと言った。ずきん、と、胸が痛む。

「お祭りが終わってからだって、同じ家に暮らしているんだから、きっとチャンスはあるとは思うよ、僕は。でもさ」

眼鏡《めがね》の奥で、祐季の瞳が少し、笑んだ。

「誠意っていうか――ともかく彼女に謝りたい、真実を伝えたい、っていう気持ちが伝わることが重要なんじゃないの。太平の大事な人なんでしょう？　彼女だって、太平のこと意識してる感じだし。きっと――ずっと気にして、傷ついてるはずだと思うな」

傷ついて、いる。

静瑠が。

「行きなよ、太平。ここは僕と高山さんで何とかするから」

「え、でも――」

「いいから。――高山さん、ちょっといいかな？」

「なんや？」

祐季が小麦に近寄り、耳打ちをする。祐季の話を聞いていた小麦は、やがて聞き終わると、腕組みをして首を傾げた。頭の中で、そろばんでも弾《はじ》いているような顔で。

「……しゃあないなあ」

そしてふうっと息をついて、ひとこと言った。

「ホンマはネコの手も借りたいくらい忙しいんやけど、今のあんたじゃネコの手より役に立たん感じやし。ここはうちと祐季くんで何とかするわ。ええから、はよ行きや！」

「でも――」

「でももしかしもカカシもない。はよ行け、ゆうとるやろ！」

「ほら、早く行きなよ、太平」

祐季が目くばせをした。

「はよ行って、ケリつけて戻ってくれば許したるわ」

小麦の目が笑っていた。

「……すまない、恩に着るよ」

胸が詰まった。少し鼻の奥がくすぐったくて、歪《ゆが》んだ顔を見られないうちに、太平は屋台を走り出ていた。

息の上がった太平が駆け込んできたのを見て、基子が目を丸くした。

「どうしたの——太平くん」

「静瑠姉は……！」

「いないわよ」

あっさりと言われて、太平は絶句した。

「もう帰ったけど。家にいないの？」

「いや……その、お祭りの、会場から——直接、来たから……」

てっきり、劇団にいると思っていたのだ。

その時、どぉーん、と大きな音が響いた。遠い音なのに、建物を揺るがすようだった。

「あら——花火、始まったみたいね」

「……失礼します」

ここにいないのなら、静瑠の居場所を捜さなければならない。基子が言ったように、やはり家も確認しなければいけないだろうし——早くしないと、祐季や小麦に迷惑をかけたまま、祭りが終わる。

「あ、待って」

きびすを返しかけた太平を、基子が呼び止めた。

「太平くん。静瑠、行っちゃうかもしれないの、知ってる？」

「え――……？」

行く？　どこへ――？

「その分では、まだ話してないか」

基子は少し困った顔をした。

「あたしが言うのもルール違反かもしれないけど、……老婆心ながら忠告ってやつってことで、静瑠には許してもらうとして」

どういうことだ？

太平は、じっと基子を見た。

「静瑠はうちの劇団では実質トップなの。美人で実力もあって――実際、最近はいろいろなオファーが増えてきてるのよ。今来てるので一番大きいのは、大阪の舞台での主役。脚本家も演出家もそこそこメジャーで、これに出れば相当名前が売れるのも確実な舞台」

太平の脳裏に、レッスンでの静瑠の姿がよみがえる。

素人目に見ても、それに自分の欲目をさっぴいても、特別に見えた、静瑠。

「受けるか受けないか――揺れてるわ、静瑠は」

「――どうしてですか？」

そんないい話なのに、躊躇《ちゅうちょ》するのだろうか。いや、いい話すぎて、プレッシャーが大きいのか……？

「まあ、大きい話だから簡単にイエスって言うには、いろいろ考えることもあると思う。でもね、その原因のひとつはね」

ついい、と基子が人差し指を太平に突きつけた。

「きみよ、太平くん」

「俺が……？」

「そう」

こくりと基子が肯定する。

「あんなに美人で性格もよくて、実力もあってとなれば、あの子がもてないわけないのはわかるでしょ？　でも、ずっと彼氏を作らないできてる。それは——多分、きみのせい」

ごくりと、唾《つば》を飲んだ。喉が渇いている。何かが、ひっかかって。

「弟みたい——いいえ、弟以上のきみのこと、あたしはよく聞いてた。だから紹介された時に、ああ、この子なんだって思って。また再会したんだ、これで静瑠が落ち着くかな、とか思ったら……とんでもない」

やや呆れたような基子の目線が太平を舐《な》めた。

「何だかよけいに考え込んだり、やたら誘いをかけてくるプロデューサーに、ちょっといい顔してみせたり。何だか不安定で見てられないわよ、こっちだって。せっかく好きな男の近くに戻ってきたはずなのに」

肩をすくめた基子の言葉が痛かった。

きっと――恋歌やこよみのことが大きかったんだと、思う。同じ屋根の下、太平を結婚の相手だと慕って上京してきたこよみ、直接迫ってきた恋歌。

太平は静瑠を好きだと言ったものの、その言葉が数年経《た》った今、静瑠にはどう受け取られていたのか――。

「遠くへ行っちゃったら、わからないわよ？　静瑠の身に何が起こるのか。大阪へもし静瑠が行くなら、こっちにいられるのなんて今日明日くらいだもの」

「そんな――そんなにすぐに？」

「そう。だからあたしは言ってるの」

基子の顔が、険しくなった。

「……もし静瑠が好きなのなら、つかまえておきなさい。しっかりとね。――以上、これでお姉さんの忠告は終わり」

ひどくまじめな顔で言い、そして基子は最後に、にやっと笑ってみせた。

今の基子の話通り、静瑠がその舞台に出るために大阪に行くならば。

時間が――ない。

今朝の恋歌とのことの釈明をともかく、と思っていたけれど。たかがそんなことで、忙しい出店の手伝いを抜けるなんて、とも考えたが、結果的に抜けてきて正解だった。

会わなければ。

会って、自分の気持ちを、そして静瑠の気持ちを確認して——。

でも——。

と、基子が思い出したように付け加えた。

「そういえば、静瑠が言ってたけど。花火がよく見える、とっておきの場所があるんだって？」

「え……？」

「それも——思い出の場所なんだって言ってたかな」

思わせぶりに笑む。

「あたしは、そこがどこだか全然知らないんだけどね」

そう聞いて、太平は基子への礼もそこそこに外へ駆け出していた。

それは。

きっと——あそこだ。

言い出そうかどうしようか、ずっと迷っていた。なかなか勇気のいることなのだ。

初はぎゅっと団扇《うちわ》を握りしめるようにして、ドーナツショップの出店に近づいた。

「あの――祐季、くん」

「ああ、初ちゃん！　――はい、そちらのお客様は……レーズンナッツと、メープルクリームですね。……ええと、チョコリングのお客様！」

初の姿を認めた祐季が、眼鏡越しに微笑む。だが、祭りも花火も佳境にさしかかろうというこの時間は、屋台も一番忙しいらしく、祐季は客の相手に追われっぱなしだ。

「あれ？　兄は？」

気づくと、太平の姿がない。今日は間違いなく、ここでバイトのはずなのに。

「どうしても抜けられない急用だって」

「急用……？」

よくわからなかったが、ともかく兄はいなくて、その穴を埋めるように働いている祐季が、死ぬほど多忙だということだけは事実だった。

これでは――とても、言い出せない。

「初ちゃん、何か僕に用？」

「え！」

どきどき、と急に心臓が速くなった。

どうしよう。一応、無理を承知で言ってみようか――。

よし。

言おう。

「あの……ね、祐季くん。よかったら……花火、ボクと一緒に見ようか——って言おうと思ってたんだけど、無理……みたいだね」

「うん——ごめん」

祐季が申し訳なさそうに頭を下げた。

「どうにも今日は、だめみたいだ」

「ううん。仕事の邪魔しちゃいけないよね。じゃあ——」

「待って、初ちゃん！」

立ち去ろうとした初を、祐季が小声で呼び止めた。近づくと、屋台の陰に初を呼んで、祐季が小さく言った。

「埋め合わせに、絶対今度、デートしよう。約束」

「え」

「せっかく初ちゃんから誘ってくれたんだし。僕だって、一緒に花火見たかったよ。だから、今度は二人だけで、ゆっくり。ね？」

「——祐季くん」

ぱあっと、自分の顔が赤くなったのがわかった。

「う……うん！」

やっぱり、言ってよかった。

「祐季くん！　お待ちのお客さん、頼むわ！」

「あ、うん、今行く！　――じゃあ初ちゃん、ごめんね」

「ううん、こっちこそ邪魔してごめん」

手を振って去ろうとした時だった。

（そのハッピ似合うね、初ちゃん）

祐季がもう一度初を呼び返して囁いた。

そして続いた、言葉が。

（かわいいよ）

その甘い声が、しばらく初の耳の中に響いて鳴りやまなかった。


暗い空に、炎の花が咲いては散る。その度に、河原の水にも同じように鮮やかな花が咲いた。

ある意味、ここは穴場といえる場所だった。祭りの会場からは離れているが、花火はむしろよく見える。人々は縁日に行っているのか、周りに人気《ひとけ》はほとんどなかった。

静瑠は思う。

ここで数年前、太平が自分に、その想《おも》いを打ち明けてくれた。

だが、結局答えを出せずに、自分は逃げたのだ。

（一度あの家に戻ったけれど――結局、また出ていくことに、なっちゃうかな……）

ずっとお世話になっていた鈴風の家を出て、短大に入り、演劇の道に生きようと決めた。

ひとりで、夢を追ってみようと。

それを選んだのは自分だ。そしてきっと、今度もそうするのだろう。

ただ今度は、彼のためにこちらに残るべきなのか、ずっと迷っていたけれど。

再会して大人びた彼を見てからは、なおさらどうしようか、迷いは増えた。彼の周りには、彼に近づきたいと少なからず思っている、複数の女性までいて。

そんな状況で出ていってしまうのは、本当は間違っているのかもしれないけれど。

（夢と男と、どっちを選ぶのよ？）

静瑠に来た今回のオファーの話を聞いた基子が、いくらかの皮肉も交えて訊ねた時。

（そうね――両方、かな）

そう答えた静瑠に、欲張りね、と彼女は笑っていたが。

確かに欲張りでわがままなんだろうと、静瑠は自分を分析した。夢を追いかけつつ、たとえ離れていても、自分を想い続けてほしいなんて、まったく思い上がっている。

（無理かな……）

夢を追うなら、彼が近くにいる誰かに心惹《ひ》かれても、責められないのかもしれない。

でも。

「――あ」

どぉーん、という音とともに大きく咲いた花火に照らされて、河川敷を急いで駆けてくる人影が見えた。

静瑠は小さく笑った。よく見えないけど、きっととても、必死な顔をしているはずだ。

（わがままって言われても、いい。私は……両方、ほしいの）

静瑠は心の中で親友に言って、こちらに近づいてくる人を、ただじっと見つめていた――。

基子のアドバイスで直行した場所が、正解だった。

空を見上げていた静瑠だったが、どうやらこちらに気づいたようだった。走る太平を、その見守るような視線が追う。

ようやくたどり着いた時には、ひどく息が切れていた。

「――どうしたの？」

静瑠がやさしく言った。

「その……どうしても、——言っておきたくて……」

「え？」

きょとん、とした声に、思わず静瑠の顔をじっと見る。

「——静瑠姉、怒ってたんじゃないの……？」

「怒って？」

「だって……今朝の、こと」

「今朝——ああ」

くすっと笑われた。

「あれ、俺は何も、やましいことはしてない。あれは恋歌さんが、まだ寝てる俺に——」

「……わかってるわ」

穏やかな表情で、静瑠が言った。

「じゃあ、何で——」

ひどく理不尽な気がした。

「何であんな態度、取るの」

静瑠は一瞬首を傾げ、今度は軽く、自嘲《じちょう》気味の笑みを浮かべる。

「そうね……最後までお姉さんでいたかった、からかな」

最後、まで。

やっぱり——。

「さっき、基子さんに聞いたよ。大阪に行くかもしれないって」

「そう……」

実際、今夜言おうとは思っていたんだけれど。基子の方がやきもきして、先に知らせていたとは。基子らしいと思って、少し静瑠は笑んだ。

「うん。だから……また、あの家を出ることになる」

大阪。それは、決して近くはない場所だ。

だが。

「——行ったら、いけないかな」

ぽつりと漏らした言葉に、太平は反射的に叫んだ。

「そうじゃない！」

大きくかぶりを振る。

「太平ちゃん……」

「違う。静瑠姉には、ずっと夢を追っていってほしい。静瑠姉がすごい女優だってことも、俺は知ってる。レッスンをちょっと見ただけだってわかった」

劇団の事務所での、練習の一コマですら、太平を圧倒するだけの力があるのだ、静瑠は。

だから主役として求められているのだ。

静瑠が歩もうとしているのに、自分がせがんで引き止めるのは、間違っている――。

「じゃあ……行っても、いいの？」

静瑠が太平を見た。目の前に、大きな瞳がある。

「え……」

「行っても、太平ちゃんは、平気なの……？」

静瑠に問われて、太平は言葉に詰まった。

行ってほしくなんかない。本当はそばにいてほしい。でも、そのために夢を捨てるのは違う。

でも。

「そんな言い方、ひどいよ。それじゃ――どうにも答えられない」

どうにもならないジレンマに苛《さいな》まれる太平を見て、静瑠が柔らかく、微笑した。

そして。

「……ごめんね」

小さな囁きとともに、太平の唇を、柔らかなものが覆った。

それはほんの一瞬で。

だが、ひどく長く感じた。

第三章　波乱と約束

追いかけてきてね、と。

静瑠は最後に囁いた。その顔を、散りゆく大きなしだれ柳が、鮮やかに照らした。

第四章　けじめと旅立ち

玄関の開く音がして、同時に初が叫んだ。

「兄ー？　ボク、ちょっと図書館行ってくるよ」

「ああ……」

そして、家の中はひっそりと静かになった。まだ恋歌は二階にいるようだが、太平のいる階下の居間はとても静かだ。

静瑠は結局、大阪へ向かった。毎日舞台の稽古《けいこ》が続いているに違いない。

（追いかけて、きてね）

唇を重ねてから、静瑠が吐息混じりに言った言葉。

あの夏祭りの日から、太平は何度も何度もそれを反芻《はんすう》していた。

（こわかったんだと思う、私）

太平には目を向けず、開いては消えてゆく花火を追いながら、静瑠は言った。

（あの時の太平ちゃんが、すごく真剣だったから……）

遠くを見ていた静瑠の瞳《ひとみ》には、きっと昔の、学生服姿の太平が映っていたんだろう。

（真剣なあなたには、自分も真剣に、本気で答えなければいけない。そう思って——でもその頃《ころ》、私は自分がまだ、よくわからなかった。だから、逃げたの）

ふっと、太平に移した視線が、小さく笑っていた。河川敷の風は涼しく、昼の暑さが嘘《うそ》のようで、すうっと通った風が静瑠の髪を揺らしていた。

「…………」

黙って、太平は自分の指で唇をなぞった。静瑠の唇は、ふわりとここに、自分から触れてきた。

それはたぶん。

ある意味、数年前の告白に対して、半分だけ答えをもらったようなものなのかもしれない。言葉では、聞けなかったから。

そして半分は、問いかけと確認だ。

太平の、今の気持ちを求めている、静瑠からのメッセージ。

静瑠はきっともう、この家には戻らない。だいたい最初からひと月ほどの仮住まいだったわけだし。

だから――太平が自分から行くしかないのだ。

(だけど――)

大阪まで行ってしまったら、もう、引き返せない気がする。心は決まっているのに、そんなことに囚《とら》われている、自分。

「……まいったな」

ソファに沈み込むように座って、太平は大きく息をついた。

今度は、自分がこわがっているというのだろうか――。

「たーいへい」

すぐ近くで声がして、太平ははっと顔を上げた。

恋歌が、居間の入り口の戸に寄っかかって、太平を見ていた。

「今日はバイトないんだ？」

「あ……うん。少し店内の配置換えとリニューアルするらしくて、何日か休みなんだ。この間の夏祭りの慰労を兼ねて夏休みとか、店長が言ってたけど」

「ふーん。——じゃ、これ、つきあえるな？」

そう言って、恋歌が後ろに隠していたものを差し出した。缶ビールが、二本。

「昼間から？」

「昼間飲むからいいんだよ」

すとん、と太平の横に座って、一本を差し出してきた。

「乾杯」

「……うん」

素直に受け取って、プルトップを開けた。くい、と喉《のど》に落ちてくる細かい泡の感触は悪くない。いや、うまかった。

しばらく黙って、二人ただビールを飲んでいた。

「どうしたんだよ。考え込んじゃって」

先に口を開いたのは、恋歌の方だった。

「って、だいたいわかってるけどさ。……静瑠さん、行っちゃったからだろ」

恋歌が、どこかさみしげに笑った。

「こよみちゃんもいた時は、やったらにぎやかだったしね、この家。なんか今となっては、台風一過って感じかな。こよみちゃんとこの親父《おやじ》さんも、けっこうとんでもなかったし」

「はは……まあね」

確かに、この家は今、静かすぎる。

「あとは、あたし一人ってことか――」

ぽつりと、恋歌が言った。


こよみと静瑠が去って、自分一人が――それも血縁でもなく、順平との結婚が流れてからは事実上一番縁の遠い自分がここに残っていることに、恋歌はむろん、引っかかりを持っていないわけではなかった。

ただ、出るふんぎりがつかなかった。

気がつくとこの家に来ていて。なぜか、家族外の人間も同時に加わってきたから、その勢いで一緒に暮らしていた。

楽しかったと思う。

しかし、その裏で、出さなければいけない答えを、ずっと棚上げしていた。

ハワイにいる、鈴風の家族と自分の家族にも、謝っていない。いくらなんでも、それはまずい。初には冷却期間がほしかったのだと言ったたし、それも真実だったが、もう潮時なのだ。

ちろっと、横に座っている太平に目をやる。

「ん？」

「なあ、太平」

きっと、太平がいなければ、自分はこの鈴風の家に逃げ込んだりしなかった。

自分を呼び込んだ鍵《かぎ》。ならば——自分を飛び立たせる鍵にもなってくれるのではないだろうか。恋歌は思い、強引な理論だと自分を少し嘲笑《ちょうしょう》し、でもその意識を消すことができなかった。

「——ケリ、つけさせてよ」

「けり？」

そのまま太平に覆いかぶさる。

「っ――……！」

唇を奪うと、ひときわ濃く、太平のにおいが恋歌を包んだ。


缶ビールを受け取った時から、もしかしたら決まっていたことなのかもしれない。

「あ、んんっ……」

後ろから恋歌の身体《からだ》を抱え込み、服を一枚、また一枚と脱がせた。ややグリーンノートの強いコロンの香りが、恋歌らしかった。

「あふっ――こ、こら……そこ、あぁっ……」

耳に軽くキスをすると、恋歌がふるっ、と身体を震わせる。

けりをつけたいと言って口づけてきた恋歌には、いつもの恋歌らしくない、どこか思い詰めたような空気があった。

だから、拒めなかった。せめてベッドで、と恋歌を連れて自分の部屋に行き、自分から上衣とブラジャーを外した恋歌と、抱き合いながらベッドに腰を下ろした。

「んっ……」

手を回して、柔らかな胸をまさぐる。

「ぁ、やっ――んっ、太平……」

奔放な恋歌が、小さな女の子みたいに甘い声を上げるのが、かわいい。

「ここ、いやだ？」

「あぅんっ……！」

くにゅ、と先端にある果実を指でつぶすと、たちまちこりっと硬くなって指をはじき返してくる。

「ぁ、んっ……も、う……いつ、そんなに慣れた口、きくようになったんだよ……」

「さあ」

わざとごまかして、ぎゅうっときつく乳房を掴《つか》んだ。

「はうっ――！」

恋歌の全身が、びくん、と大きく揺れた。

「あ、あぁっ……」

力を徐々に緩めて、今度はねっとりと乳首ごとこね上げる。

「んっ……ぁ、ん――」

前に投げ出して、膝《ひざ》を立てた恋歌の脚が、自然に少しずつ大きく広がっていく。わざとかちゃかちゃ音を立てて、ベルトを外した。

「あふ――……」

恋歌が太平に身体を預けるようにしてやや腰を浮かし、その動作を助けていた。

身体にぴったりしたパンツを引き下ろし、ビキニの下着の上から指を這《は》わせると、こもっていた熱気がもわりと指にまとわりついてくる。

「あんっ――」

「熱くなってるね」

「んぁ、あっ……！」

言って耳朶《みみたぶ》を噛《か》むと、恋歌がのけぞって太平にすがるような声を上げた。

「太平、……んっ……お、お前……なんか、すごくエッチだぞ――……ぁっ……」

「そうかな」

汗ばみ始めた肌の上を、両手のひらでゆっくりと撫《な》でるたびに、恋歌の膝が細かく震えた。

「そうかもしれない」

耳元で言って、自分で少し笑った。何だか今は、恋歌とこうしていることだけを考えたかった。静瑠のことを、今だけ自分の中から追い出すためにも。

けりをつけたいのは自分かもしれない。恋歌とこうすることで、何にけりがつくのか、よくわかってはいなかったけれど。

恋歌とはこうしなければいけないんだろうと、太平の中に確信めいた想《おも》いがあった。

自分から仕掛けたはずなのに、いつの間にか主導権は相手の側だった。

「ほら、見せてみてよ。自分で開いて」

太平が、命令する。

「っ――……」

一瞬、恋歌は口ごもった。迫ったのは自分だ。だからひるむ理由なんてない。

でも。

「けりつけたいって、恋歌さん、言ったよね。だったら、お互いの欲望を全部吐き出すべきだと思うんだけど」

「あ……」

太平の目が、じっと恋歌を見ている。

こういう関係になるのも、きっとこれが最後なのだと、わかっている目。

どくん、と心臓が高鳴った。

「恋歌さん、俺としたいよね？　だったら、証明してみせてよ」

子供だった太平が、男の顔をして、恋歌を見る。

「うん……」

操られるように、恋歌は四つん這いになった。太平の目の届く場所で、両腿《りょうもも》をゆっくりと開いてみせる。

「もう、濡れてるんだね」

太平の声が、低く響いた。

「でも——よく見えないな。もっと見せてよ。広げて」

「んっ……」

ヒップのふくらみをぐっと掴む。自分の手が興奮で震えているのがわかる。

「あぁっ……」

指で押し広げると、花びらが口を開けて、ねとりと糸を引く感覚があった。

「うん、そう。——ああ、ふくらんでピンク色になってる。まだちゃんとさわってあげてもいないのに……恋歌さん、いやらしいな」

「た、太平の方が——いやらしいじゃないか……」

目線が、自分の奥まで入り込んでくるのを感じる。視線を感じると、奥から熱いジュースがじわりとこみ上げてきて、あふれ出していく。

「んっ……」

「あ、流れてきた」

太平がおもしろそうに言って、恋歌の内腿に指をあてた。つうっと、露をすくい取られる感覚。

「はぅっ……！」

「おいしい」

恋歌の蜜《みつ》に濡れた指を、太平が口に入れて笑った。

「太平――……」

一人前の男のように、いや、それ以上に、太平が恋歌を翻弄してくる。何か特別な想いが太平を動かしているのかもしれない。きっと恋でもない、愛でもない何か。さもなければ、恋歌が知らない間に、太平が経験を積んだのか――。

「きれいだね。濡れてつやつやしてる」

花びらの形を恋歌に思い知らせるようになぞる指。その指にこすられるたびに、ねとりとした液体がわき上がってはこぼれる。

「んっ……」

ひくりと、自分の中で、柔らかい肉が脈打つのがわかった。花びらのすぐ上で、敏感な核が勃起《ぼっき》していく。

「ぁ、んっ……た、太平……」

クリトリスに触れられて、背筋を快感が駆け上がった。

「や、あぁ……」

自分からもう一度、大きく秘所を開いて見せた。

「あたしもう——ダメだよ、我慢できない……」

膝が、ふくらはぎが震える。そんなにしつこい愛撫《あいぶ》をされたわけじゃないのに、全身が熱っぽくなっている。満たされない肉を埋めてくれる、太平のものがほしかった。

「太平……お願い、ねえ……」

「——まいったな」

と、それまで冷静だった太平の声に、喉に絡まる濁ったような響きが混じった。

「……こっちも、限界」

太平の顔が、照れたように笑った。

「太平……?」

途端に、ぴんときた。もしかして、太平は無理をして、恋歌に命令し続けていたんだろうか。

「お前、まさか……わざとそういう、言い方——」

「…………」

太平は何も言わず、それまで恋歌に当てていた強い目線を外して、そっぽを向いた。

「太平……」

恋歌もくすっと笑って、太平に抱きついた。身体を触れ合わせると、太平の中心が、充分な硬度を持ってるのがわかる。

「あ、すごい。おっきくなってる」

「――当たり前だろ？　あんな刺激的な格好見せられたら、誰《だれ》だってそうなる」

まだ目線を合わせずに、太平がぼそりとつぶやいた。


下からぐい、と突き上げると、恋歌が身体をきゅっと緊張させた。

「あんっ――やっ、あ、あたる……」

泣きそうな声で恋歌があえぐたびに、秘肉が震えて太平を締めてくる。

「あ、あぁんっ――……ぁ、あっ……」

「っ……」

太平の方も必死だった。最初にベッドをともにした時よりも、その肉体は艶《なま》めかしくて、大人《おとな》の匂《にお》いがする。

熱く熟れた肉ひだにカリがこすれると、ずきり、と痛みにも似た快感がこみ上げてきて、射精の衝動を抑えるだけで精一杯だ。それでも、自然に腰が動いてしまう。

「ぁ、……んっ、あたし、も——……」

恋歌が太平の動きに身体を合わせ始める。丸みを帯びた尻が上下して、てっぺんから根元まで、太平のものを呑《の》み込んだ恋歌の肉が小刻みに痙攣《けいれん》している。

「あ、ぁっ……んっ、——あ……」

ぎゅっと、恋歌がシーツを掴んだ。太平の顔を覗《のぞ》き込む、目尻の辺りに、かすかに涙が浮かんでいる。

「ぅ、あんっ——やっ、太平……すご、い……あぁっ……」

下を向いても形の崩れない、豊かな胸が弾む。濃い桜色になった先端に、汗がしたたって落ちた。

「はうっ……あ、あぁぁ……」

ベッドがぎぃ、ときしむ。太平のピストンに恋歌が合わせ、恋歌が揺らす腰に太平が自分の高まりをぶつけて絡み合う。

「ぅ、あんっ、やっ……あぁ、太平——あ、あたし、ダメ……ねえ、ぁ……あっ……!」

恋歌が、荒い息の間から必死に訴えかけてくる。

「太平、あぁっ……あたし、いっちゃ、う……よぉっ——」

言うと同時に、奥からきつい波のようなうねりが押し上がってくる感覚があった。

「うっ……」

「あんっ、やぁっ――い、いっちゃう……い、いくぅっ……！」

太平にしがみつくようにした恋歌の動きが、止まった。

「あっ――あ、あぁぁぁぁぁっ……！」

太平の身体の上で、恋歌が激しく身体を震わせた。シーツについたひじががくがくと揺れて、そのまま太平の胸に倒れ込んでくる。

「んっ、あぁぁっ……あ、あ……」

「くっ――」

息を弾ませる恋歌を抱き寄せながら、太平もその欲望を一気に解放した。

「は、ぁっ、……ぅ、ぁっ…………」

汗に濡れた恋歌の肌に、樹液が飛び散る。

「ぁ、う……は、ぁ…………」

静かな家の中で、しばらく太平と恋歌の呼吸だけが響いていた。

遠くで音がした気がして、目が覚めた。

「あ――……」

起き上がって、見回す。自分の部屋――しかし、しばらく恋歌が占拠していた部屋。このよみが帰り、静瑠が去っても、面倒くさいと言って恋歌は太平の部屋をどかなかった。

だが、何か違和感がある。

そうだ。さっきまで恋歌がここにいて――。

だが、シーツの上にいるのは自分一人だ。

立ち上がって、あわててもう一度、部屋の中を見渡した。

恋歌が持ってきていたはずの、大きなボストンバッグが消えている。

（恋歌さん――？）

そうだ。さっき聞こえた音は、玄関の戸の音だ。ということは。

「恋歌さん！」

あわてて下着とジーンズにシャツをひっかけて部屋を飛び出そうとした時、ドアの内側に貼《は》りつけてある小さなメモに気がついた。

『今度は、自分のケリをつけにいくから』

さらりと一行だけ書かれた紙。家庭教師の時に何度も見た、恋歌の字だった。

「はい」

「へ？」

腕を差し出されて、一瞬何のことかわからなかった。

「どこへ行こうか。お茶にする？　それとも、映画とか」

にっこり笑って言う祐季に、ようやく初は気づいた。この腕は、つまり、その。

一緒に歩くために、腕を組んでいいよ、ってことで。

「えっと……」

内心、ちょっと困っていた。男の子と腕を組んで歩くなんて、今まで、したことがない。

でも。

「どうする？　初ちゃんの好きなところでいいよ」

目の前で祐季が、もっとにっこりと微笑《ほほえ》んだ。

「んー……」

緊張をこっそりと隠して。

（えい！）

祐季の腕に抱きつくように自分の腕を絡める。

「え？」

祐季はそんな初を驚いた瞳で見て、でもまたすぐに、くすっと笑った。

「……もしかして、ゲーセンがいいかな？」

「あ——う、うん！　ゲーセンいいね！　大好き！」

祐季に言われて、あわてて頷《うなず》いた。

うん。ゲーセンがいいかもしれない。デートの定番っていったら映画とか遊園地とかかもしれないけど、ゲームセンターならいつも行き慣れてるし。

少し、緊張がほぐれるかもしれないし。

「じゃあ、行こうか」

祐季が歩き出す。初も一緒に歩く。なんかちょっとぎこちない。腕って、どうやったらうまく組めるんだろう。

ともかく。

兄には図書館に行くって言ったけど、初はこうして祐季との、初めてのデートを迎えていた。


アイスカフェラテとバナナケーキが、目の前の丸いテーブルの上にある。

流行《はや》りのカフェに彼氏と二人、お茶とケーキなんて、なんて立派なデートなんだろう！

と、そこまで思った初だったけど。

第四章　けじめと旅立ち

(か……か、彼氏、かな?)

自分で少し考えて、ちょっと赤くなる。

別にまだ、告白されたわけでもなく、自分で告白した、というわけでもなく。一回目のデートくらいでそんなこと考えるなんて、ちょっと間違ってるのかも。

「初ちゃん、どうしたの?」

「え? あ、ううん、何でもない!」

祐季に言われて、あせって首を振った。いけないいけない、気をつけないと、きっと一人で勝手に百面相してるはずだ。

「でも初ちゃんって、格闘ゲームとか本当にうまいよね」

「あ……うん、そうかな。いっぱいやってるし。それに、昔から自分でも空手やってるからかもしれないけど」

「ああ、太平から聞いてるよ。ずいぶん小さい頃からやってるみたいだね、空手」

アイスコーヒーをひとくち飲んで、祐季が言う。

「うん。何ていうか……特技までいかないけど、趣味っていうか。気がつくと、どうやったら強くなるかなあ、なんて考えてたりするんだ」

「へえ――」

祐季は真っ正面から初を見つめている。少しも目をそらさない。

じっと目を覗き込まれると、実際、どうしていいかわからなくなるんだけれど。照れずにこっちの目を見られるなんて、祐季が大人の証拠ということなんだろうか。

「あ……あ、あのあの、あのさあ！　祐季くんって――そういう、ボクの空手みたいな、好きなことってあるの？」

「僕？　僕はツーリングかな」

「ツーリング？」

意外な気がした。

小柄でおとなしく、人当たりもいい祐季は、一見アウトドアというよりも、インドアで読書とか映画とかが好きなタイプに見えるからだ。

「あそこでバイトしてるのも、そのためだよ。バイクっていろいろお金がかかるから」

「そうだったんだ……」

前から気にはなっていたのだ。兄の太平のように、生活費のためにバイトをしているわけではないのだろうとは、思っていたのだけれど。

「バイクで北海道に行きたいんだ。そういう旅行をしてきた人の話を聞いたら、自分で絶対体験してみたい、って思っちゃって」

「北海道か――」

初がつぶやくと、祐季が少しいたずらっぽい顔で問い返してきた。

「初ちゃんも、一緒に行く？」

「えっ！」

大きく、心臓が跳ねた。

「……だ、えーと、その、ボクは受験生だし――……そんなえーと、北海道なんて、行きたいけど、きっといいところだろうけど！　でもその――」

「あはははは、そんなにあせらないでよ」

うろたえる初に、祐季が大きく笑った。

「今すぐってわけじゃないし。っていうか、北海道でなくてもっと近くで日帰りとかでもいいわけなんだから。初ちゃんの行きたいところ、連れてってあげるよ。――来年、受験が終わっていれば、きっと大丈夫じゃない？」

「あ――う、うん！」

そう言われて、ほっとした。

北海道に一緒に――それはきっとふたりっきりの旅行なんだろうし、と思っただけで恥ずかしくなってしまった。

（ん～、ボク、なんか意識しまくってるのかも……）

初めてのデートだということで、まだ緊張してるんだろう。昔から男の子みたいと言われ続けて、実際女の子と遊ぶより男の子に交じって泥まみれになって遊んでいたクチだ。

上の二人が姉ではなく兄だというのも影響しているんだと思うが。

「うーん、ともかく大学合格するのが先だよね、きっと」

初は頭をかく。あんまりまじめではないが、これでも一応受験生だ。次の受験で受から
ないと、二浪なんてぞっとしないし。

「ねえ、初ちゃん。家庭教師、足りてる？」

「え？」

「僕でよかったら、勉強見てあげようか。少しは力になれるかもって思うんだけど」

「あ――」

家庭教師といえば、ずっと恋歌が勉強を見ていてくれたが、恋歌の教え方はずいぶん変
わってる。教えてはくれずに、ともかく自分でやれと言い、本当にどうにもわからない時
だけ助け船を出してくれる。

そのやり方は確かに効果があるとは思ったけれど、きっと祐季ならやさしく丁寧に初に
教えてくれるだろう。

「ほんとに？　じゃあ……えっと、明日とか明後日《あさって》とかでも、いい？」

「え？　うん、もちろんいいよ。今、バイトちょうど休みだし」

「それじゃあ、お願いします」

初は頭を下げた。こういうことは、ちゃんとお願いしなければいけない。

「こちらこそ。よろしくお願いします」

祐季も頭を下げ、そして二人で同時に顔を上げて、くすくすと笑い合った。


それからけっこう、いろいろなところへ行った。結局映画も観た。初のリクエストで、アクション物を。

最後の方は、少しずつ自然に腕も組めるようになっていた。

そして、手を握ることも。

今も祐季は、初を送るために、横でぎゅっと初の手を握ってくれている。

「どう？　家の方は。いろいろなことがあったみたいだけど」

「ああ、うん。今はもう恋歌さんひとりだけで、あとはボクと兄だから、静かなもんだよ。すご一くお料理のじょうずなこよみ姉ちゃんと静瑠姉ちゃんがいなくなっちゃったから、ちょっとご飯がね、さみしくなったかな」

「あれ、初ちゃんって料理はするの？」

「うん——でも、兄のがじょうず。悔しいけどね」

「あ、でもするんだ？」

祐季が初の顔を歩きながら見た。初は小さく頷いた。

「自慢できるほどじゃないよ。ってゆーか、はっきり言ってヘタだと思うし」

「今度僕に食べさせてくれないかな、初ちゃんの料理」

「え？　……きっと、おいしくないよ？　それでもいいの？」

心配そうな初の声に、祐季がくすくすとおかしそうに笑った。

「初ちゃんの料理だから食べたいんだよ」

どきん、と。

また心臓の音が大きくなる。

（もう――祐季くんって、本当にわかってるのかなぁ……すっごくきざなこと、平気で言うんだから）

たぶん祐季は、初を照れさせようとか、困らせようとか、そういうことを意図してやっているわけではないはずだ。

だけど、まいってしまう。

こんなに女の子扱いしてくれる上に、こうやってどきどきする言葉を連発されてしまっては。

今日一日で、知らなかった祐季のことをいろいろ聞いたり、それに新しい面もいっぱい見えた。ツーリングの話もそうだし、何が食べ物では好きかとか、ゲームはこういうのが得意とか、そういうたわいないこと。でもそれが、大切だったりする。

「太平は、家ではどう？」

「あ……うん。……あんまり、元気はないかな」

初の返事に、祐季の顔が少し曇った。

「やっぱり、そっか。バイトしてても、何だかちょっと上の空の時があるしね。――しかたないか、静瑠さんだっけ。彼女が行っちゃったんだから」

「うん……」

「僕は、部外者だからよくわからないけど」

そこで少しうつむいて、祐季は続けた。

「太平はきっと、自分で思うように行動すればいいのにね。それだけなんだと、思うよ」

「うん――」

初は頷いた。

そう、きっとそれだけのことだろう。

でも何でなのか、太平は悩み続けていた。

太平が静瑠のことをずっと想っていたのは、よく知っている。今もきっと、想い続けている。

静瑠だって太平のことが好きなはずだ。

なのに、何だかそれをうまく伝え合えずにいるのを見るのは、なかなかしんどかった。

どうやら兄に好意を抱いている恋歌とこよみが現れて、傍観者の初としては、おもしろそうなことになったと思いつつ、ちょっとじれてはいたのだ。

「近くにいすぎるとね……難しいのかな。静瑠姉ちゃんは、ボクにも兄にも、ホントのお姉さんみたいだったから」

静瑠はそれを、自分から持って任じていたようなところもあったし。

「なーんかね、じれったいんだよね、兄見てると」

そう言って笑ってみせて、でも気づいた。

自分だって、人のことは言えないのかもしれない——。

ちろりと祐季の顔を窺《うかが》って赤くなった時に、祐季の足が止まった。

「と、送るのはここまでにしておこうかな。家の前まで行って、うっかり太平に鉢合わせして、大事な妹に何をする！とか言って殴られたらかなわないし」

「あははは、そんなことないよ。——でも、うん、ここでいい。今日は本当にありがと、祐季くん」

初はぺこんと頭を下げた。

「僕もすごく楽しかったし。いろいろつき合ってくれてありがとう。——じゃあね」

最後に、握っていた手をぎゅっともう一度強く、握りしめられた。

「ただいま……」

何となく後ろめたくて、ついつい玄関の戸をそっと開けて、小さな声で初は言った。

「――兄？　ただいま」

返事がなくて、少し声を上げてみたが、やっぱり応《こた》えはなかった。

（靴はあるのにな……）

恋歌はまだ戻っていないんだろうか。太平の靴だけが玄関にあった。

階下に人影がないのを確認して、上に行く。

「兄？」

部屋のドアをノックすると、中から、おう、という声が返ってきた。

「失礼……え、兄、ナニしてんの？」

見れば太平は、スポーツバッグを取り出して、服やら小物やらを詰めている。

「どっか行くの――もしかして、兄……」

太平は答えない。そして用意していたものを全部詰め終えて、ぎゅっとファスナーを上げて、初に頷いた。

「……大阪に行く」

「ホント！　ねえ兄、静瑠姉ちゃんのところだよね？」

「――ああ」

太平は言葉少なだ。照れているのか、思い詰めているのか。

「ちょうどバイトも休みだからな。行ってくる。初、一人になるけど、戸締まりとか気をつけろ」

「え、一人って……恋歌さん、いるでしょ？」

「いや」

太平はぶっきらぼうな手つきで、初に小さな紙片をよこした。

「恋歌さんも行ったよ」

メモを見る。

今度は、自分のケリをつけにいくから——。

（恋歌さん……）

合わせる顔がないんだと、言っていたけれど。

ついに、恋歌も思いきったわけだ。

そして——きっと、太平も。

「……ねえ、兄」

「なんだ。夜行バスに間に合わなくなる」

バッグをかついで階下に急ぐ兄の背を追いながら、初は言った。

「——がんばってね、兄」

「…………」

太平は初の顔を奇妙な表情で見つめ、やがて目をそらした。

「……ああ」

それだけ言って、太平は玄関を飛び出していった。


(がんばれだって？　何をがんばるんだよ、ほんとに)

夜の道を、競歩のように早足で歩きながら、太平はこっそりとひとりごちた。

普段は太平をからかってばかりの初が、まじめな顔であんなことを言うから。

こっちが照れてしまうじゃないか。

「……ばっかやろう」

小さく言い捨て、ただ道を急ぐ。

まったく。

がんばるに、決まってるじゃないか。

第五章　四人それぞれの心

ともかく急いだからだろう。大阪行きの夜行バスの発車時間までは、思ったより余裕があった。

チケットを手に入れ、バス乗り場に隣接しているコンビニに入ってガムを買った。揺れるバスでの長旅に、きちんと睡眠をとる自信はなかった。まして、こんな精神状態で。ともかく、ただひどく気がはやっている。

本当は朝イチの新幹線だって全然構わないのに、何だか家に落ち着いていることができずに、荷物をまとめて出てきてしまった。

「ふう……」

ガムを一枚出して、噛《か》む。ミントの味が少しだけ、気持ちを落ち着かせてくれる。

（大阪か――）

肩にしょった荷物が、重い。たいしたものは入っていないし、そう何泊もするつもりはないのだが、旅行の支度であることだけで、重みがあった。

周りを見回す。薄暗い中で、人々は三々五々固まって、またはひとりぽつんと、バスの発車までの時間をつぶしている。

それぞれにきっと、理由があるんだろうと太平は思った。帰省する者、知人に会いに行く者――。

その中でふと、ひとりの女の子に目が行った。顔はよく見えないが、彼女は何やら首を傾《かし》げ、妙な身振り手振りをして、しきりにぶつぶつとしゃべっている。それが、妙に不自然というか、謎《なぞ》の行動だった。

（ん……？）

気になって何となく、少し近づいてみると。

「……どない言えばええんかなあ――」

ふっと、声が耳に飛び込んできた。

（あれ？）

知った声、じゃないか？

「まいったなあ、……うちはこれでも気ぃつかう方やし……」

間違いない。このしゃべり方は――。

「あの――もしかして、小麦ちゃん？」

「へ？」

さらに近づいて声をかけると、しきりと何かつぶやいていたその人が、ぱっと顔を上げた。

「あれ？　太平くんやないの！」

「やっぱり。小麦ちゃんだ」

そこにいたのは、バイトで助《すけ》っ人《と》にかり出されていた高山小麦だった。夏祭りも終わって、もう彼女は東口店に戻り、会うのは久しぶりという感じではあったが。

「いやあ、すっごい偶然やわ。――どないしたん、こないなとこで。ここにおるっちゅうことは、太平くんも大阪行くってことか？」

「まあ、そうだけど……俺の方だって聞きたいよ。小麦ちゃんこそ、どうしたの。今、なんか一人で変なことしてなかった？」

問い返すと、小麦は少し顔を赤くした。

「なんや太平くん、見てたんかいな。見てたんなら言うてくれな、恥ずかしいやないの」

「いや――だから、今聞いてるんだけど」

「あ、ああ、そやね、あはははは」

小麦はひとしきり笑ってごまかし、不意にまじめな顔になった。

「まあ、シミュレーションちゅうの？　ちょっとね、予行演習をしてたんや」

「予行演習？　なんの」

「んー……」

すると小麦は、今度は眉《まゆ》を寄せた。

「話してもええんやけど、長い話になりそうで――あ、太平くん、席どこ？」

訊《たず》ねられたから、チケットを出してみせる。深夜バスは全席指定なのだ。

「え、どこ？　――なんやこれ、うちの隣やないの！　……うーん、これならバスの中でしゃべれるかもしれんね」

小麦は少し考えてから、小さく頷《うなず》いた。

「夜行バスの中って、すっごい静かやから、大抵だぁれもしゃべらんのよ。まあ、ひそひそ耳打ちするだけならだいじょぶやろ。あとは、ちょっとは休憩時間あるから、そんときにな。――ほら、そろそろバス出るで。行こ行こ」

「あ……うん」

小麦に引きずられるようにして、太平はアイドリングを始めたバスに向かって歩き出した。


基本的に、夜行バスの中では誰《だれ》もが眠っている。その邪魔にならないように、小麦は太平にこっそりと耳打ちをした。

大阪行きは、母に会いに行くためなのだという。どうしても、彼女に言いたいことがあると――言わなければいけないとずっと思い悩み、ようやくそれを実現するべく、このバスに乗ったということだった。

(言いたいことがあるだけなんやから、ほんまは電話でもええねんけどな)

ひっそりと言って、小麦は笑った。

（やっぱり直で会って、面と向かって話さなあかんことって、あるやろ。――会って、ちゃんと伝えなあかんことってやつがな）

つきん、と。

何かが胸を突いた。

自分がなぜ、こうやって荷物をまとめて、大阪行きのバスに乗ったのか。

どうにも朝まで待てずに、深夜のバスに乗り込んでしまったのか――その理由を、小麦に教えられた、気がした。

だからこんなに急いて、こんなに必死になって、大阪へ行こうとしているのだ。

（そう、か――）

（当たり前のことなのに）

太平は、自嘲《じちょう》気味に笑った。こういう些細《ささい》なことが、時にわからなくなる。

バスの窓はカーテンに閉ざされていた。そっと端をめくると、夜の高速の変わりばえのしない風景が流れていく。

だがそれでもバスは着実に、大阪へと――小麦の母の元へと、そして静瑠の元へと近づいているはずだった。

「あー、しんどかった！　ちっとも眠れへんのに、バスん中では太平くんとしゃべれもせんもんなあ。なんかこういうの、ストレス溜《た》まるわー」

　バスのステップをとんとんと駆け下りて、地面に下りた途端に小麦は大きく伸びをした。

　夜行の長距離バスは、途中のサービスエリアで十五分ほどの休憩がある。基本は乗客のための休憩でなく、運転手のための休憩なのだが、乗客が車外に出ることももちろんかまわない。ただしツアーバスと違って、休憩終了時に戻っていなければ勝手に出発されてしまうが。

「はい、これ」

　自販機で缶コーヒーを二本買い、一本を小麦に渡した。

「あ、おおきに」

　嬉《うれ》しそうに言って小麦がプルトップを開ける。

「ようやっと、ちゃんと声出してしゃべれるなあ」

　小さな缶の半分ほどを一気に飲んで、小麦がしみじみとした声を上げた。

「俺がいなかったら、少しは小麦ちゃんも眠れてたかもしれないね」

「ん？　……んー、そうかなあ」

　小麦は小さく首を傾げた。

「……無理やろなあ、きっと。お母ちゃんに何て言おか、ずっと考えてて眠れへんかったやろな」

小麦は遠い目をした。

「なんかな、複雑なもんやで。別居したのに、なんだかんだ言うて好き合うてる夫婦を見てる娘って」

幾分、歪《ゆが》んだ笑みが小麦の頬《ほお》を彩る。

「二人とも医者やから、仕事の方が忙しかったんかなあ。うちがまだ、そういうオトナの事情とか、ようわからんうちに別居してしもうて」

「――それで、お父さんが小麦ちゃんを引き取ったの？」

「っていうか」

くつくつ、と小麦が笑った。

「どっちか言うたら、あんな情けない、抜けたお父ちゃんをほっとけんかったいうのが本音かな。まだ子供のうちの方が、しっかりもんやもん」

「……それで、お父さんのそばにいるうちに、さらにしっかり者になっちゃったんだね」

太平は、小麦のきびきびとした働きぶりや、手作りの弁当を思い出した。そうやって、環境が人を作り上げていくんだろう。

「タマゴが先かニワトリが先か、ってやつやろね」

肩をすくめる。

「だからお母ちゃんも安心しとったんやろし……こうやってうちが大きくなって――ほ

ら、娘と母親ちゅうのは、ある年齢までいくと、けっこう友だちみたいになるやんか。それで、まあちょっとは電話とかで、突っ込んだ話もできるようになってな」

ちろり、と太平を見上げてから、小麦は目を伏せた。

「気づいたんよ。お母ちゃんとお父ちゃんは、まだ互いに好きなんやって」

「ふうん……」

「肉親のそういうのに気づいてしまうとな、けっこう照れくさいけどな――」

小麦が頭をかいた。

「でも娘としては、両親揃《そろ》ってほしいやんか。……それも好き同士が、なんで別々に暮らさなあかんの、って思う」

好き同士が。

別々に――。

「だからな」

小麦の表情が、少し明るくなった。

「うちがキューピッドになったろ、思てな」

宙に向かって矢を射る真似《まね》をした。

「そうだったんだ……」

バスに乗り込む前に、思った。それぞれの人の中に、それぞれ旅立つ理由があるのだろうという、こと。

それは、真実なのだ。

「ん。まあ、うまくやれるかどうかはわからんけど。……実際、ホンマにお母ちゃんに会ったら、お父ちゃんのこと好きやろ、一緒に暮らさへんか？　――とか言い出すのって、けっこう勇気がいるもんやから……だって、愛の告白するようなもんやもん」

どきんと、また胸に何かが刺さった。

「でも、やらな。決めたんやから。――せやろ？」

じっと、小麦の目が太平の目を捉《とら》えた。まっすぐに向いてくる、強い視線。

「……うん。そうだね」

太平はただそれだけ答えた。頷くしか、できなかった。


玄関の上がりがまちで、初はひたすらうろうろと、行ったり来たりを繰り返していた。

(あー、これじゃ赤ちゃんが産まれるのを待ってるダンナさんだよ……)

困って、天井を見上げる。それからちろっと居間を覗《のぞ》き込んで、壁の時計を見る。

もうすぐ――約束の時間。

と。

ピンポーン、とチャイムが鳴った。

(うわっ！)

聞き慣れているはずの音に、心臓がつぶれそうに驚いた。

「はい、はいはーい！」

インターホンには答えず、震える手でそのまま玄関の戸を開ける。

「あ、初ちゃん」

初の姿を認めて、笑いかけてきた人。

祐季だった。

(や……やっぱり祐季くんだ——)

約束していたんだから当たり前なのに、初は動揺していた。

昨日、祐季は言ったのだ。バイトも休みだし、今日でも明日でも勉強を見てあげる、と。

だから電話をしたら、快く承諾してくれた。

ただ——この家には。

今、誰もいない。

実際、今日は本当に誰もここに帰ってこないのだ。恋歌は出ていったし、太平は大阪だ。

両親がハワイから帰って来るにはまだ当分間がある。

つまりは。

今日、初は祐季と、二人っきりということなのだ。

(き——緊張するよぉ……)

「ど、どうぞ。入って」

「うん。おじゃまします」

祐季がぺこりとお辞儀をして、靴を脱ぐ。玄関を上がった。なんだか、そんな祐季の一挙手一投足が、やたら目につく。どうってことのない、普通のことなのに。

「あ……ボクの部屋、二階だから」

さっき玄関を開けた手も、今祐季を先導して歩いている自分の足も、とんでもなく震えていることに、初は気づいていた。


祐季は普段はやさしいけれど、けっこうきつい先生だった。

「うー……祐季くん、ここは?」

「さっき教えたところだよ。思い出してみて」

「えー?　えーと、確か公式の代入だよねえ……」

「そう。ちょっと応用問題だけど、そんなに複雑じゃない。初ちゃんなら考えればわかるはずだよ」

「そうかなあ……」

数式をにらみながら、ふっと机の上に置かれた祐季の指を、初は見た。男にしては、ほっそりした指。兄の太平の方が、よっぽど無骨だ。

祐季は大学生にしてはずいぶん小柄で細身だ。清潔感があって、飲食関係のアルバイトでも好まれるタイプだと思う。男臭い、という言葉からはかけ離れたタイプ。

「——初ちゃん？」

「え……あ、あはは……」

と、気がつくとどうやら自分はじーっと祐季を見ていたらしい。

「——疲れた？」

「う、うん、ちょっとね！」

適当にごまかすと、祐季が少し苦笑した。

「じゃあ、ちょっと休憩いれようか」

祐季は言って、置いてあったコーラをこくんと飲んだ。だいぶもう、氷が溶けてしまって、コップの周りにたくさんの水滴がついている。そのしずくが、祐季の指先を濡らすのを、初はまたぼうっと見ていた。

「……初ちゃん——どうしたの？」

「え？」

「僕の指、何かついてる？　何だか、じっと見てたから」

「あ――う、ううん、違う！　なんか、……兄の指とかと違って、祐季くんの指って男の子なのに細くってきれいだなぁ、って思って」

「……そうかなぁ」

初の言葉に、祐季は自分の指をしみじみと見た。手のひら、手の甲。

「別に、そんなことないよ。けっこうぼこぼこしてるよ、バイク乗るし」

「え？　そう見えないけど」

「だって、ほら」

初は反射的に、目の前に突き出された祐季の手を取っていた。そして、そっと顔を近づけてみる。――いや、やっぱり、ほっそりしている。自分の指よりも、繊細な感じがするくらいに。

「ううん、やっぱりきれいだよ。関節とか目立たないし――空手やってるからかな、なんかボクの手の方がごつごつだよ」

「そんなことないよ」

きゅっ、と。

初の手が、祐季の手のひらに包まれた。

「――ほら。こうやって、中に入っちゃう」

「え……」

祐季の手が。

熱い――。

初はおそるおそる、祐季の顔を見上げた。

（……！）

眼鏡《めがね》の奥の、祐季の瞳《ひとみ》。

初を見つめるその目が、やさしくて、それでいて――温度の高い、瞳。

その時初は、ぎゅっと手を引かれる強い力を感じた。

「あっ……！」

ふわりと身体《からだ》が浮く。

そして――。

気づいた時には、初は祐季の胸の中にいた。


（いい、……かな）

耳元で、言われて。その息も、熱くて。

いつかきっとこうなるとは思っていた。それに、今日は誰もいないのだとわかって、緊張していた。呆《あき》れるくらい、祐季のことを意識している自分。

抱きしめられた腕は、思いのほか、力があった。華奢《きゃしゃ》に見える外見とは裏腹に、初が逃れられないくらいの力。

いや。

逃れようと、思っていなかった、だけなのかもしれない。

ベッドの上に横たえられた。自分の心臓の音だけが、耳に響く。何だか、頭に血が上ってしまっているのか、まともに考えられない。

祐季が、ベッドの上に乗る。初を上から、見下ろしてくる。

(どどどど……ど、どうしよう――……！)

また、今度は手もつけられないくらいに緊張してきてしまった。

「っ……！」

祐季の手が、ノースリーブのTシャツをまくり上げる。すうっと、風が通って、自分が脱がされつつあるのだと気づいて、よけいに恥ずかしくなった。

「あ、……」

ショートパンツのファスナーを、下げる指。細いけど、力のある指。

(下着……見えてる、よね――)

とっておきの、上下揃いのかわいいのを、今朝シャワーを浴びた後で選んでいた。

(予測してても、緊張するのは何でかなあ……)

何だか、たわいのないことばかりが頭に浮かぶ。誰でも初体験の時は、そういうものなんだろうか。でも、そんなこと、ほかの誰にも聞いてみたことはないし。こんな細かいこと、実際にそうなってみなければわからない。

「ん――」

ファスナーが、途中でひっかかる感覚に、ふっと初は祐季を見た。

祐季も、指が震えていた。

(祐季くん……)

緊張している。自分と、同じに。

と――視線に気づいたのだろうか。祐季の顔が近づいてくる。眼鏡の奥の瞳が、どんどん近くなる。あと三十センチ。初は目を閉じた。

「ん、――んっ……!」

キス、された。

ファースト、キスだ。

祐季の息づかいが聞こえる。唇が震えているけれど、その震えが、自分のか祐季のかもわからない。

「んっ……ぅ、う――」

と、軽く開いた隙間《すきま》から、祐季の舌が滑り込んできた。

（う……わ、あ……）

知っていたけど。キスは唇を合わせるだけのものじゃないって。でも、実際に口の中で祐季の舌が動き回るのは、不思議な感触だった。なまなましくて、温度が高くて、想像したより大きな舌。少し、コーラの味がする。

「ぅ……う、うぐっ……！」

上顎《うわあご》から歯列をなぞってくる舌に気を取られていたら、ぎゅっと胸を揉《も》まれた。

（び、びっくりしたぁ……！）

びくん、と全身が痙攣《けいれん》した。でも祐季の手は止まらない。初の乳房を包んだ手のひらが、何度もあせっているみたいに動く。

「ん、ぁっ……！」

いつの間にか唇が離れていて、初は思わず漏れた自分の声が、誰もいない家に響くのを聞いた。

目で確認できたのは、ちらっとだけ、だった。本当に一瞥《いちべつ》しただけだったけれど、全裸になった祐季の身体の中心で、そそり立つものがあって。

（え？　え……え、えっと——）

「初ちゃん――いくよ」

脚を広げられて。

自分の身体の――その、大事な場所に押しつけられた、祐季自身。

（ゆ……祐季くんって……オトコのヒト、だったんだ――）

ひどく混乱していた。硬くて熱いものが、腿《もも》の内側をかすめた。

「あっ……！」

硬いけれど、表面はちょっと柔らかくて。あんまり、自分の身体では実感できたことのない感触。

別の生き物と、いうか。

と、突然、初の両脚を掴《つか》んだ祐季の手に力が入った。

「う――あ、あぁっ……ぁ――っ！」

ぎし、と。

自分のあそこが、きしんだのが、わかった。

さらに。

祐季のそれが、初の中に、めり込むように進んでくる。

「えっ……あ、や、い、やあぁっ――う、ぁっ……！」

ちょっと、待って。

（い──い、いたたた、いたっ、う……い、痛いぃぃっ……！）

大声でそうわめこうと思って、でも祐季が困るととっさに考え、初は心の中で絶叫していた。

（待ってよ……ねえ、こんなに痛いの？　みんなこんな痛い思いしてるの？　え──？）

自分が感じていないわけではなかった。祐季の手は初の胸をまさぐり、大事なところをそっと撫《な》でて、やさしくキスまでしてくれた。

興奮していたと思う。身体の奥から、じゅん、と熱い液体が降りてきた感覚は真実だったから。

それなのに、ちっとも潤滑油の働きをしていない。

「ぁ、うぐっ……あ──んっ、やっ……い、たっ……！」

「う──初ちゃん、ごめん──ちょっとだけ、我慢して……！」

祐季の悲痛な声が聞こえてくる。

「あ、う……う、うん…………ひっ、ぁうっ……！」

頷いた。必死で頷いたけど、とにかく、どうしようもなく、痛い。

熱くて痛い、灼《や》けた、太い棒。

途中で、ぷちっと、何かが切れたような感触があった。

（あ、い、今の……）

痛みとショックの中で、初は呆然《ぼうぜん》とした。

もう。

処女じゃ、ない。

「ゆ……祐季、くんっ――……！」

「初ちゃん……初、ちゃん――」

すがるように祐季の名前を呼ぶと、祐季もまた初の名を呪文《じゅもん》みたいに唱えていた。

「祐季くん――……ねえ、祐季くん……あっ、う――……！」

「ごめん……っ、う、初ちゃん――……」

祐季の手が、初の髪にそっと触れた。

「僕も……全然、慣れてなくって……っていうか、初めてだから……」

ごくんと、祐季が唾《つば》を飲み込んだ音がした。

「なるべく、初ちゃんが痛くないようにしたいんだけど――だ、ダメみたいだよ……」

ぐいっ。

「ひっ――う、あ、やっ……やあっ、あ、ぁぁっ……！」

ぐい、ぐい、ぐい。

「動いちゃうんだ――我慢、できなくて……なるべく、早く終わらせる、から……」

「や、あぁっ……く、あ、……う、ぐっ……！」

はっ、はっと、祐季の腰の動きと同じタイミングで呼吸の音が響く。

身体の奥で、粘膜がこすられる。熱い肉を、熱い棒がこする、きしむ。何度も何度も。

「う、ぅっ……」

祐季が呻《うめ》いている。初の中で、大きくなってどきどきいってる、祐季のペニス。

(もう——もう、訳わかんないよぉっ……！)

乳首がひりひりする。汗が流れてくる。熱い。熱い。

「や、あうっ、あぁっ……！」

祐季が腰をぶつけるようにするたびに、脚がぐいって開かれる。あそこの入り口が、腿が震える。ひくひくする。

「うああっ……！」

どうしようもなくシーツを握りしめた。

(あ、……あぁ、助けて——……！)

誰かに助けてほしかった。この痛みから救ってほしかった。

でも、誰に？

(助けて——……)

自分を救ってくれる人の名前が、喉《のど》からこぼれそうになった瞬間。

「初ちゃん——……！」

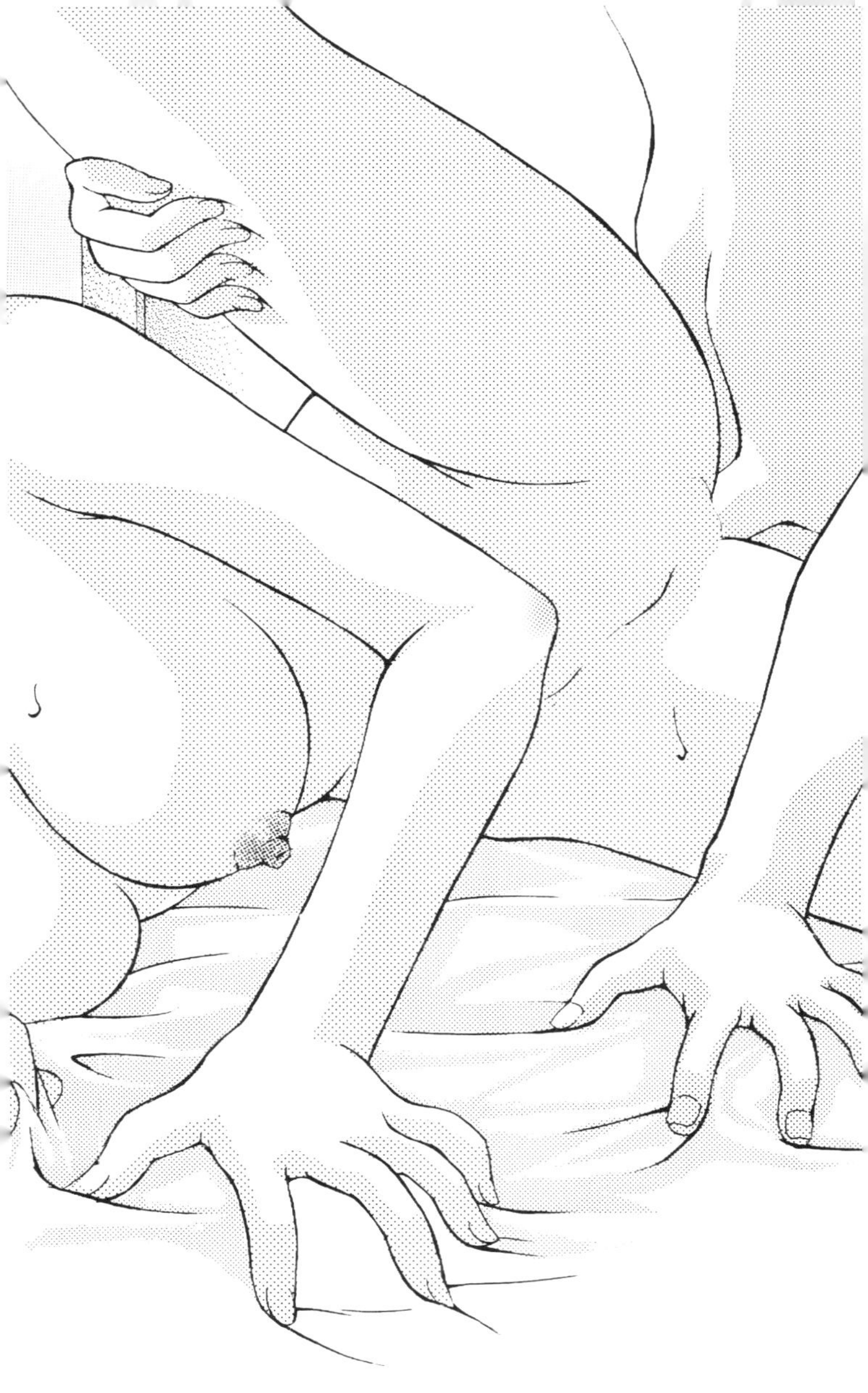

祐季が、自分を呼ぶ声がした。

(あ——……)

そうだ。

今自分を抱いているのは、祐季なのだ。

「う、あぁぁっ……ゆ、祐季、くんっ……あっ、あぁっ……！」

「っ——う、初ちゃん、いくよ……！」

そう言った祐季の動きが急速に速まって。

「あぁっ——う、あ、ぁ……ぁ……」

ただただパニックの中にいた初だったが、祐季が急に身体をずらし、初の下腹部に熱い液体がかかったのだけは、わかっていた。


そっと抱き寄せられた胸は、まだ息がおさまりきってはいなかった。

「初ちゃん……ごめんね、痛かったよね？」

汗ばむ手のひらで初の両頬を包んだ祐季が、顔を覗き込んで言った。眼鏡を外した瞳を、初めて間近で見たような気がした。

「う——うん……」

「ごめん」

ひどく申し訳のなさそうな声で謝られてしまった。

「そんな……いいよ。その——誰でも、初めては痛いって、言うし」

「うん——でも」

と、そこで祐季は、何かに気づいたように大きく目を見開いた。

「あ……えっと——なんか、順番が逆になっちゃったんだけど」

祐季が少し赤い顔で、ぽつりと言った。

「僕——初ちゃんが、好きだよ」

真剣な目が、初を覗き込む。

「もしよかったら、僕とつき合って……くれないかな」

（あ……）

そうだ。

初めて今、ちゃんと言葉で聞いた。

（これって……告白、だよね）

確かに順番が逆だ。好きだと言われてキスをされて、そして身体を重ねて確かめる、はずなのに。

でも。

「祐季くん……」

まだ、しっかりと初の頬を包んだ指。初はその指をきれいだと思った。今も、こうして顔にさわられて、全然――いやじゃない。

ううん。

嬉しい、かもしれない。

ならば。

「うん――その、……こんなボクでよかったら……」

初はおそるおそる、言ってみた。

「ほんと！」

途端に、祐季の顔が明るくなる。

「――よかった」

ほっとして笑った顔が、あどけない。

いいな、と、素直に思う。

「うん……その、よろしく」

「そんな――こちらこそ」

そう言い合って、顔を見合わせて、思わずふき出した。

全裸で抱き合ったベッドの上、それも事後にする会話じゃない。

「……へんなの」

「ほんとに」

くくくっ、と笑った祐季が、もう一度初をぎゅっと抱き寄せる。わりとしっかりして平らな胸。すべすべして気持ちいい。

(でも、兄の方が体格がいいかも)

そんなことを思って、ようやく気づいた。

(そうだ、……さっき、ボク)

あまりの痛みに助けを求めようとした相手。名前を呼ぼうとした人は。

(助けて、兄、って——)

でも、途中でやめた。

初を抱いているのは、祐季なのだ。

太平は太平で、大阪に静瑠に会いに行った。太平には太平の人生がある。だから。

もう、太平の背を追うのは、やめるべきなのかもしれないと思う。

小さな頃《ころ》から、気がつけば太平の真似をしていた。順平ではなく——順平は年も離れていたし、真似をするには完璧すぎたから。

(兄、どうしてるかな……)

夜行バスはとっくに大阪に着いているはずだ。もう静瑠に会っているんだろうか。

（ちゃんとケリをつけて、答えを出してきてよ）

自分もこうして、祐季とつき合おうと決めたのだ。自分の意志で。

（ボクの――大事な兄なんだからさ）

そう思って、でもそれをうち消すために、初は自分から祐季の身体にぎゅっとしがみついた。


ぽーん、と独特のチャイムがなって、シートベルト着用のランプが消えた。

恋歌はベルトをゆるめて息をついた。長旅だ。それに、ハワイはなかなか調整しづらい時差のある場所だから、うまく寝起きしないとひどい時差ぼけになる。

「……ふぅ」

（ケリをつけにいく――か）

そんなメモを太平に残してきた、けれど。

（あいつ……すっかり、男になってた）

くすっと笑う。まだ、肌に太平のにおいと感触が残っている気がする。

（初めての時とは大違いだったな）

ふんぎりをつけるために寝たのは、一緒だったのかもしれない。家庭教師をしていた頃の最初の一回も、そして今回の、きっと最後の一回も。

（その……ごめん）

恋歌がヴァージンだったと知った太平は、相当うろたえていた。

（ばかだな、謝るなよ。あたしが誘ったんだ）

シーツにくるまった恋歌が言うと、太平はそんな恋歌が見られずに、ただうつむいた。

ひどく少年めいた横顔だった。

（でも、どうして――）

（どうしてって、興味があったから。お前となら、寝てもいいって思ったから）

（……………）

恋歌の答えに、数年前の太平は、黙り込んでしまったものだった。

（あの時、好きだって言えばよかったのか？）

そんな疑問が浮かぶ。

しかし、それは一笑に付されるべき疑問だ。当時の太平に、もしその恋歌の感情が本当だったとしても――気持ちを押しつけていたら、つぶれていただろう。

お互いに。

（後悔なんて、してない）

それが恋歌の主義だ。今を楽しく、後ろを振り向かず、生きていく。

自分らしく。

(だからともかく、今は――起こしてきた事件に、かたをつけないと)

「ドリンクは何がよろしいでしょうか？　アルコール、ジュース、コーヒー、紅茶、いろいろございますが」

気がつくと、隣に客室乗務員がドリンクのワゴンを押して立っていた。

「うん……そうだな、シャンパンはある？」

「はい、ございます」

小さな紙コップに注いでくれた、薄い金色をした発泡酒を受け取る。

新しい門出に、祝いの酒だ。

「――乾杯」

自分に小さく言って、恋歌はシャンパンをぐいっと飲み干した。


「今日はここまでにしておきましょうか。ありがとうございました」

「ありがとうございました！」

こよみの言葉に、前に整然と立ち並んだ弟子達が頭を下げた。

結局こよみは、東京から戻って以来、道場で合気術の指導を続けていた。

それが一番自分らしい生き方だったのだ。これまでは。

しかし。

(やっぱり――そうするしか、ないですね)

名古屋でしばらく暮らしながらずっと考えていたのだが、ようやく、答えが定まったのがわかった。

「こよみ」

と、こよみは自分を呼ぶ声に振り返った。

母の啓子だ。食事の支度にでも一緒に取りかかろうというのだろう。

(ちょうどよかった)

すうっと、息を吸い込んで。

気持ちは――大丈夫だ。固まっている。

もう、ゆるがない。

「――母様。こよみの話を聞いていただけますか」

啓子を見上げると、こよみの意志が伝わったのか、啓子が幾分緊張した面差しに変わったのが、見えた。

第六章　見つかった答え

カーテンの隙間《すきま》から、すうっと陽射《ひざ》しが入り込んでくる。

夜を抜けて、朝が来ていた。

バスはもう高速道路を降りて、大阪の街中にいる。もうすぐ到着だと、車内放送も入った。

乗客が荷物の整理をしたりしてざわつく中で、太平は目を閉じ、考えていた。

（大阪、だ——……）

着いて、しまった。

実際ほどなくして、バスは停車した。三十人ほどの人々に交じって、太平と、そして後ろから小麦が降りてきた。

「……着いたなあ」

幾分感慨深げな声で言って、小麦は太平を見上げた。

「うん、着いたね」

早いから朝ご飯でも、という小麦に同意し、すぐ近くに見えたドーナツショップに入る。

「うちんとこのチェーンやな。大阪でまでこの店に縁があるとは思わなんかったわ」

苦笑しつつ、小麦がバナナマフィンをぱくりとほおばった。

「——何や、食べへんの？」

「うん……」

　太平はさっきから、ひたすらブレンドをすすっていた。一応、プレーンドーナツを一個買ってはみたものの、皿の上で手つかずだ。

　食欲は、あまりなかった。寝不足と――緊張と、興奮と、いろいろなものがない交ぜになって、食べ物が喉《のど》を通りそうにない。

「腹が減っては……って言うやろ。あかんよ、食べんと。――だって太平くんも、これから大勝負なんやろ？　人生の」

　小麦は片目をつぶってみせた。

「まあ……ね」

　大勝負、なんだろうか。

「――なあんて、な。うちもけっこう無理して食べとるんよ」

　大きなマグカップになみなみと入ったアメリカンコーヒーでマフィンを流し込んで、小麦はふうっと息をついた。

「いざとなると緊張するもんやね」

　紙ナプキンで口を拭《ぬぐ》う。

「太平くんは――その、どうしても会わなあかん人って、――あの夏祭りの時の、一大事の続きなん？」

「一大事？」

「ああ、うん。祐季くんがうちに言うたんよ。太平くんの、男としての一大事なんやから
なんとか抜けさせてやってくれ、て」

目が回るほど忙しい出店の担当を外させてもらう時に、そういえば祐季が小麦に何か耳打ちしていたはずだ。そういう言い方だったとは。

「……うん」

頷《うなず》いた。確かに一大事だった。

「結局、ケリつかへんかったいうことなん？　……その、つっこんだコト聞いて悪いかもしれんけど」

「うん――」

太平は少し考えて、言葉を継いだ。

「あの時、俺はともかく、その人の誤解を解きたかった。それが気になって、多分仕事も手につかなくなってしまうだろうと思ったから、無理を言って抜けさせてもらった。――でもそれだけじゃなくて、彼女が遠くに行くと聞いて」

ごくり、とブレンドの最後のひと口を飲み干して、太平は続けた。

「……けりをつけようとしたけど、課題をもらったみたいなもんだったんだ」

「課題？」

丸い瞳《ひとみ》をきょと、と開いて小麦が問う。

「――うん。……本当のところ、こういうのも思い上がってるのかもしれないけど、多分、お互い……好きなんだと思う」

空のコーヒーカップに、視線を注いだ。底にかすかに残った黒い液体。確か、コーヒー占いとかいうのがあった。ならばこのカップは、どんな未来を映しているのか。

「ずっと、子供の頃《ころ》から近くにいる人で、本当にお姉さんみたいな人で、ずっと俺は、彼女が好きだった。最初に告白したのはこっちで――もう、何年も前だけど。その時には返事がもらえなくて……それで、夏祭りの時には、彼女が気持ちを示してくれたんだと思う。でも、今度はこっちが答えるチャンスを逸したってわけ」

「――なんや、フクザツやね。……つーか、まどろっこしい関係やなあ。ああ、最初にゆってた、太平くんに近い人ってその人のことか」

大きなマグカップを手でもてあそびながら、小麦が言う。

「うん――そう」

そういえば、バイトの合間に昼ご飯を食べた時、曖昧《あいまい》な言い方だが、静瑠の話もしたかと思い出した。自分に近い人、というのは、その時は静瑠だけではなく、こよみや恋歌も含んではいたのだが。

「でもまあ、そういうのはあるかもしれんね。小さい頃から一緒にいたんなら、逆になかなか難しいもんかもなあ。単に好いた好かれた、とかで、簡単に割り切れへんちゅうか。

——家族っぽくて、でも家族じゃなくて」

「うん——……」

言われて、頷く。

明確な恋愛感情を抱くより先に、近くにいたこと。そして長い時間が、自分と静瑠の、小麦に言わせれば「まどろっこしい」今の関係を形作ってきている。

それは今さらどうすることもできない。問題は、これからどうするか、ということだけだ。

「今度は、ケリつくとええな。——ちゅうか、ケリつけなあかんか」

「そうだね」

そのために、ここまで来たのだ。

「自分から乗り込んで来たんやもん。これでがんばらな、オトコやないで」

どん、と背中を叩《たた》かれた。

「……なら、それ。ちゃんと食べや。自分で買うたんやろ？　責任取って食べな、バチが当たるで」

「あ——うん」

小麦に言われて、太平はドーナツを手に取った。かじると、粉と砂糖の甘みが身体《からだ》に広がっていく。

それを噛《か》みしめながら、がんばろう、と、不意に思った。

お互いうまくいくとええな、と小麦は言い置いて、去っていった。

結局、小麦に甘えてしまったのかもしれない。ポケットからメモを取り出す。劇場の場所と、連絡先が書いてある小さな紙切れ。

これが今、太平と静瑠をつなげる糸なのだ。


劇場は思いのほか、大きかった。二千人くらい収容できてしまうのではないだろうか。

（こんなところで——静瑠姉が……）

本当に相当なオファーだったんだと、改めて太平は思う。

とりあえず裏から入り、楽屋口にいる受付らしい男性に自分の名を言い、静瑠の名前を出して取り次いでもらった。

だが、やがて現れたのは、静瑠ではなかった。

「——基子さん……？」

「ごめんね、静瑠じゃなくて。今静瑠、外出中だから。……結局来たのね、太平くん」

「ええ」

満足そうな顔で、基子が言った。

「でも……遅かった、かな？」

「え——？」

「この間話したでしょ？　静瑠に興味があるらしいプロデューサーがいるって。静瑠は彼とうち合わせ中。多分、二人っきりでね」

「……！」

幾分冗談めかした口調に、太平は基子の顔を見た。

「この舞台の関係者だから、むげにはできない相手だし。どうする？　午後からゲネプロだけど、それまでに帰ってくるかなあ、静瑠は——」

基子が首を傾《かし》げて太平を見返す。

からかわれているんだとわかった。半分は。

でもあと半分は、真実かもしれない。

だが。

(追いかけてきてね)

あの時の花火。唇の、甘さ。囁《ささや》いた声。

太平は、ぎゅっと手を握りしめた。

「もしゲネプロまでに静瑠姉が帰ってこなかったとしても——俺は静瑠姉を信じます」

自分に言い聞かせる。

ここで信じなかったら、何のために大阪まで来たのかわからない。

「静瑠姉を、信じます」

再度、繰り返した。

「…………」

基子はじっと、穴が開くくらい太平を見つめて――やがて、ふっ、と緊張を解くように笑った。

「まいったな。そんな自信たっぷりに言われたら、からかえないじゃない」

喉の奥で、鳩《はと》みたいな声を上げる。それから基子は、太平の顎《あご》をすっと指で持ち上げて、顔を近づけた。

「静瑠のいない間に、ちょっといいことできるかもとか、思ってたのに」

夏の花を思わせる、甘くてさわやかな香りが不意に漂った。

「え――……」

「嘘《うそ》よ、ウソウソ。何、そんなに驚いた顔して」

くっくっくっ、とひどくおかしそうに笑いながら、基子が身体をよじった。

「なびきそうにない相手に、モーションなんてかけないわ、めんどくさい。それに、あたしだって出番があるのよ。静瑠ほど大役じゃないけど。そんなヒマなんてないわよ」

ひとしきり笑って、基子は肩をすくめた。

「いいわねえ、静瑠は。こんなにまじめな子が、こんな遠くまで追いかけてきてくれて。——あ、ちょっと待ってて」

と、基子は一度奥へと入り、すぐにまた戻ってきた。

「はい、これ」

　小さな、お札くらいの紙を手渡してきた。

「今日のチケット。いい席よ」

言われて、手渡されたものを見る。公演名と、開場・開演時間などが列記されている中に、主演のところに静瑠の名があった。そして半券の切れ目のところには、「招待券」の赤い印が割り印のように捺《お》されている。

「多分静瑠が戻るのはゲネぎりぎりだろうし、そうでなかったとしても、舞台の前は忙しすぎるから。静瑠に会うなら、終演後になさい」

　基子の言うことは、正論だった。

「その頃には、静瑠の緊張も解けてるだろうし。初日の主役のプレッシャーからも解放されてると思うわ。まあ、公演は今日だけじゃないけど、今日うまくいけば静瑠もだいぶ楽になってると思うから」

「はい——」

太平は頷いた。

「ありがとうございます」

「お礼なら静瑠に言いなさいね。それ、静瑠の分の招待券だから。あたしはたまたまここにいたから、きみにそれを渡しただけよ」

「でも――ありがとうございます」

太平はただ深く、頭を下げた。


カーテンがまた、上がった。観客の鳴りやまない拍手が、役者たちをなかなか舞台から下ろそうとしないのだ。

その中で太平はしばらく、拍手もできなかった。圧倒されていた。

たくさんの役者たちの真ん中で、静瑠が微笑《ほほえ》んでいる。ライトに汗が光る。濃い舞台メイクの向こうに、本当の笑顔がある。

口々に役者の名を呼ぶ女の子たちの黄色い声。一番呼ばれている名は、静瑠のものだ。

静瑠がもう一度、会場を見回して頭を下げた。深く笑み、左胸に手をあてて、膝《ひざ》を曲げて優雅な挨拶《あいさつ》をする姿も、堂に入っていた。

何回目かのカーテンコールが終わって、ようやく客電が全部点灯した。観客たちも、これを潮時と立ち上がり、帰り始める。

その人混みに逆らうように、太平はふらふらと楽屋口に回る。

ありがたいことに、基子は招待券だけではなく、バックステージパスも太平に渡してくれていた。楽屋口の警備をしていた人間も、太平が取り出したパスを一瞥《いちべつ》して、楽屋口を難なく通してくれた。

重い扉を開けて中に入る。さっきまでの出演者やら、スタッフやらで、楽屋裏の廊下は思ったより人が行き来していた。

「おつかれさまです！」

「あ――おつかれさまでした」

声をかけられ、何とか太平は慣れない挨拶を返した。そう、このバックステージパスをつけている以上、関係者と見られているのだとようやく気づく。

いけない。どうもぼうっとしている――というか、なかなか舞台の世界から現実に戻れていないのかもしれなかった。

つまりは、それだけすごかったということなのだが。

舞台自体もよくできていた。が、何よりも、静瑠が。

その目。動き。間。呼吸。声。仕草。

舞台の上の静瑠は、なんて特別だったんだろう。

「いやあ、静瑠くん！　よかった、最高だった！」

と。

耳に静瑠の名が飛び込んできて、太平は足を止めた。

前方に、小さな人だかりがある。一人、押し出しの強そうな、眼鏡《めがね》と髭《ひげ》の男がしきりと大声でしゃべっていた。

「いいよ――ほんとにきみを抜擢《ばってき》した甲斐《かい》があったよ！　あの役は、きみ以外考えられない、まったくだ！」

「そんな――でも、ありがとうございます」

興奮してまくしたてる中年の男に頭を下げたのは、まだメイクも落としていない静瑠だった。

「しかし、これできみも舞台役者として相当名前が浸透するねえ！　僕は、きみを選び出したということでみんなに自慢できるよ――本当に素晴らしい」

「松浦さん、そこまでおっしゃらなくても……」

困ったように笑う静瑠の肩を、男がぎゅっと握りしめた。

（――……）

微妙な嫌悪感に、太平は唇を歪《ゆが》める。

きっと、あの男が、静瑠に目をかけているというプロデューサーなんだろう。

（……さわるな）

そんな手で――静瑠にさわるな。

じり、と灼《や》かれるような想《おも》いがわき上がってきて、喉元が苦しい。

「もう将来が約束されたようなものだよ。そうだ、次はどんな役がいいだろうなあ？　きみは芸の幅が広いから、大抵の役は簡単にこなすだろうけど」

「そんなことないです……」

苦笑を浮かべる静瑠だが、肩を男に掴《つか》まれるに任せている。

（くそ……！）

右手で作った拳《こぶし》を、太平は左手で握り込んだ。

駆け寄って、いっそのこと、あの男を殴り倒せれば――。

だが、それをやるわけになどいかない。人目もあるし、何より静瑠の面目がある。

太平は、その人垣をかきわけて、静瑠に駆け寄りたかった。そして言いたかった。

舞台の成功おめでとう、と。

それから、今度は臆《おく》することなく、自分の気持ちを。

しかし今の自分は、こうしてバックステージパスを持っていても、部外者でしかない。

本当の関係者だったら――ふと思って、無謀な考えに首を振る。

太平はきびすを返した。

ここは、諦《あきら》めて出るべきだ。

楽屋口へと向かう通路を探して、壁の案内を見る。苦い想いがこみ上げてくる。

静瑠はやっぱり、変わっていたということなんだろうか。

小さい頃、太平を弟のようにかわいがってくれたのは昔の話で、あの家を出て演劇の世界に来てしまって——ステージの上の栄光を受けるようになった静瑠は、そちらを本当の居場所と思っているのではないか。

「くっ……！」

唇を噛んでも、声が漏れた。

好きだと。

好きな気持ちは変わってないと、思う——でも。

(追いかけてきてね)

そう言ったのは静瑠だ。呼んでくれたのは静瑠だ。信じてる、だけど。

と。ぽん、と誰《だれ》かが太平の肩を叩いた。

振り向こうとして、だがその人は、太平の耳元で小さくひとこと囁いて、足早に去ってしまった。

甘い、花に似た香り。

「…………！」

ようやく振り向いた太平の目に、ふんわりとしたボブの髪が映った。

基子だ。

（日付が変わる時に、この劇場の舞台で。主演女優が待っているはずよ）

ただそれだけ言って、去った基子。

「――おつかれさまでした！」

振り返らない基子の背に向かって太平は大きく叫び、深く腰を折って頭を下げた。


非常口の灯《あか》りと、階段にともされたごくごく小さなフットライトだけを頼りに、太平は広い客席をゆっくりと舞台まで歩いていく。

もうすぐ約束の、深夜○時になろうとしていた。

本当にひっそりとした、劇場。ソワレ公演の時の喝采《かっさい》も、夢かと思えるほどの静寂。

その時、ぱちりと何か、スイッチが入る音がした。

舞台が――わずかに明るくなって。

声が、響いた。

「ずっと――とても長い間、私は迷っていた」

静かで、しっかりとして落ち着いた、しかしよく響き渡る声。

「私の中にいる、二人の私」

舞台下手袖《しもてそで》から、中央に向かって歩む、人影。

「彼の、姉である私」

こつ、こつ。足音が反響する。

「血はつながってはいないけれど、彼の家族として生きたいと、私は思った。でも」

中央まで歩み出たその人が、両手を握り合わせ、客席の方を向いた。

「いつからだろう。私は彼を、好きに――なってしまっていた」

舞台の真ん中で、静瑠が小さく、首を振った。

「どうしようもなかった。その感情を殺せはしなかった。だけど、私は怯《おび》えていた」

太平は立ち止まり、舞台の静瑠を、ただ見つめる。

「姉なら――彼が誰を好きになろうと、どう変わろうと、そばにいられる。姉なら、もしそばにいなくても、また戻ってきた時に、いる場所がある。存在する、意味がある」

静瑠の笑みが、歪んだ。

「私は恐《こわ》かった。それを失うことが。その立場を自分から切り崩すことが」

哀《かな》しげで、なおかつ自嘲《じちょう》の笑みが、静瑠の顔を彩る。

「勇気がなかったの。――だけど」

静瑠が両手を広げた。

「弟のように愛《いと》おしく想うことと。一人の男性として、恋しく想うこと。それは、私の中に一緒に存在した。消えなかった」

広げた両手が、明らかに太平を、招いている。

操られるように、太平は舞台に歩み出す。

「――いけないの？　それは……わがままで欲張りなことなの？」

中央に据えられた階段に、一歩、足をかける。

「だけど……これが、私なの」

一歩。また、一歩。

「こんなに私は、わがままなの」

目の前に、立つ。

「それでも――いいの？　太平ちゃん――」

静瑠の唇が、震えている。

太平は、小さく笑った。

そうか――ようやく、気づいた。

子供の頃から飽きっぽくて、何も続かなかった自分。

でも、きっと出逢った頃から静瑠への特別な想いはあったのだ。それは太平の成長とともに少しずつ育って、微妙に変化しながら大きくなり——ついにこうして、形になろうとしている。

自分にも、ちゃんと続いているものはあったのだ。

続いてきたからこそ、強くなった想い。

今こそ、それを伝える時だった。

「——追いかけてきたよ、静瑠姉。……自分の心に、けりをつけるために」

「答え……は？」

すがるような瞳に、微笑して。

好きだ、と囁く言葉が、口づけに同化した。

なんて長かったんだろう——。

ずっと近くにいて、近くにいたからこそ、回り道ばかりして。

ようやく自分は、太平の肌に触れている。こうして太平のにおいを胸いっぱいに吸い込んで、熱い腕に抱きしめられて。

「ちょ、……っと、静瑠姉——……ぅ——……！」

困惑したような太平の声音が、かわいくて。ぎゅっと抱擁してくれた太平を抱きしめ返し、服を互いに脱がせ合って、しかし全部脱がないうちに堪えられなくなって、静瑠は迷わず太平自身を口に含んだ。

役者として舞台に立つ自分と、普通に日常生活を営む自分が変わらないのと同じように、姉のような自分と、女としての自分、どっちも切り離せない宝月静瑠だ。

その愛おしさに任せて、太平を自分から愛したい、そう思っての行為だった。

「んっ……う、んくっ……」

舌で先端をなぞり、唇で何度も何度も愛撫《あいぶ》する。そのたびに太平の中心は熱くなり、とろんとした涙をこぼして、ひくりと痙攣《けいれん》した。

「は、んっ……あむ……ん、ぅ――おい、しい……」

舌先に感じる、太平のしずく。硬くなった肉の茎が、静瑠の口の中でむくむくと勃《た》ち上がっていく感覚。

「太平ちゃん……んっ、んくっ……」

そっと、根元の柔らかな部分をまさぐる。またぴくんと、太平自身が揺れる。

「んくっ――ふ、ぁふ……んむ、ぁ……」

「し――静瑠姉……ぁ、ぅ……」

太平のすがるような声が聞こえる。胸が、じん、と熱くなる。求められているのだと、

思う。そして静瑠も、どうしようもなく太平を求めている。

「ぅ、んくっ……ん、ぁむっ……ん、ちゅぷ——……」

舌を這《は》わせながら、思う。ひとつになる時のことを。

「は、ぁう……ん、んっ……」

それだけで自分の身体が潤っていくのがわかる。

拓いていく——すべてが、太平に向かって。


「ん、っ——……」

全裸にした静瑠を、木の床の上に横たえる。女優としての静瑠が息づいていた舞台に。

それは何か、とても神聖な行為にも思えた。

「太平ちゃん……」

静瑠が見上げてくる。姉と思って慕ってきたその裸体は、だが思ったよりも遙《はる》かに華奢《きゃしゃ》で柔らかだった。

「静瑠姉——」

「……きて、太平ちゃん……」

「うん……」

薄闇《うすやみ》に浮かび上がる白い太腿《ふともも》を、ゆっくりと両手のひらで押し広げて、身体を割り込ませる。なめらかな肌の奥からあふれ出た熱い蜜《みつ》が、床を濡らした。

「んっ、ぅぅ……」

静瑠が口で愛撫してくれたペニスは、興奮で時折頭を振るように脈打つ。それを入り口にあてると、静瑠がせつなげな声を漏らす。

「あっ――」

つぷりと中へ入ると、ふくらんだ花びらが太平のものを包んだ。

「や、あんっ……ん、あっ……」

静瑠はかすかに首を振る。甘い声に誘われて腰を進める。

「んぁっ、あぁぁっ……！」

濡れたひだが太平を求めるように震えて、肉棒はすっぽりと静瑠の中に埋まった。

「あ、あ……」

「入ったよ――静瑠姉」

「んっ……ん、ん……」

こくん、こくんと頷いて、静瑠が潤んだまなざしで太平を見つめた。

「ひとつに……なれたの、ね……ようやく――……」

「うん――」

ぎゅっと抱きしめた。隙間がないほどに肌を合わせる。

「あぁ……私、――今、すごくうれしい……」

肩口に額を猫のようにすりつけて、静瑠が囁いた。

「俺も、うれしいよ」

「太平ちゃん――」

もう一度抱きしめ返して、少し身体を離した。

「動くよ」

「うん……」

静瑠が頷くのを合図に、ぐっ、と奥まで突き込む。

「はうっ……！」

ひくん、と蜜ひだが痙攣して、新たな潤滑液がこぼれ出た。

もう一度、引いて、突く。

「あ、あうっ……ん、あぁっ……」

静瑠の長い髪が床に跳ねる。がらんどうの劇場に、静瑠の喘《あえ》ぎが響いていく。

「んっ、――あ、あううっ……は、あんっ……」

静瑠を求めて、太平の身体の動きは次第に速くなっていった。

「あぅ、……んっ、あぁ――は、あぁっ……」

6月

157.Sacrifice《サクリファイス》 ～制服狩り～

Rateblack　原作
布施はるか　著

芸能界関係者や勉学に優れたものなど、優秀な人材のみが集う名門校として名高い学園があった。その学園の理事長である主人公は入学を盾に、たくさんの少女たちを凌辱してゆく…。

158.Piaキャロットへようこそ!! 3 中巻

エフアンドシー　原作
畑まさし　原作

あこがれのさやかと共に４号店で働くことになった明彦。仲よくなろうとするが、つまらない誤解でふたりの距離は離れてゆく。そんな時、店長である朱美の秘めた想いを知り…。

6月

パラダイム・ホームページのお知らせ

http://www.parabook.co.jp

■新刊情報■
■既刊リスト■
■通信販売■

パラダイムノベルス
の最新情報を掲載
しています。
ぜひ一度遊びに来て
ください！

既刊コーナーでは
今までに発売された、
100冊以上のシリーズ
全作品を紹介しています。

通信販売では
全国どこにでも送料無料で
お届けいたします。

ライターとイラストレーターを募集しています。

お問い合わせアドレス：info@parabook.co.jp